KB137558

국립극단

작품 정보

〈금조 이야기〉는 국립극단 작품개발 사업인
[창작공감: 작가]에서 개발된 창작극으로, 2022년 3월 30일
백성희장민호극장에서 초연되었다.

작품 개발 과정

2021년 1월~3월 공모 및 작가 선정

4월 9일 오리엔테이션

4월~11월 정기 모임 – 스터디 및 워크숍

(스터디 – 포스트 휴머니즘/장애 담론을 경유하여/동물권/

동시대성, 동시대인)

(워크숍 – 움직임(이윤정 안무가), 텍스트의 시각화(김형연

공간·조명디자이너), 고정관념 교정 연습(권김현영 여성학자),

최신 희곡 경향(이단비 번역가·드라마투르그), 인터뷰 기법(은유 작가),

연극과 음악(장영규 음악감독))

8월 27일~29일 1차 낭독회(JCC아트센터 콘서트홀)

9월~11월 의견 수렴 및 퇴고, 연출 합류

12월 14일~18일 2차 낭독회(소극장 판)

12월 의견 수렴 과정

2022년 3월~5월 제작 공연 발표(백성희장민호극장)

초연 창작진 및 출연진

작 김도영 | 연출 신재훈

무대 남경식
조명 노명준
의상 이윤진
소품 남혜연
분장 장경숙
움직임 이재영
음악·음향 이승호
영상 김성하
조연출 손청강

출연

강해진 김주빈 남재국 문예주 박세정 박옥출 박용수
윤성원 윤일식 윤현길 이동준 이은지 이혜미

일러두기

본 출판물은 국립극단 [창작공감: 작가] 희곡선을 위해 정리한
것으로, 실제 공연과 일부 다를 수 있습니다.

*나오는 사람들은 금조 이야기의 막 이후에 위치한다.

작가의 말

점점 더 이야기로 기억되는 작가이고 싶습니다. 백 마디 말을
채워도 도통 마음이 차지 않을 때가 많기도 합니다.
이 세계에서 내가 할 수 있는 이야기는 무엇일까. 먼 곳까지
상상을 하다 보면 결국은 어디선가 다시 나에게로 돌아오고는
합니다. 어쩌면 그런 게 이야기가 아닐까 생각합니다.
저 먼 곳의 것이 나에게로 오는 것.
제 글이 깨어나고, 무대 위에서 살아나는 데에 도움을 주신
분들께 무한한 감사를 드립니다.
한 편의 희곡이 서적으로 출간되는 일이 드문 현실에서
이 책을 펴내 주신 출판사에도 감사를 드리며, 제작에 힘써 준
국립극단에도 감사합니다.
〈금조 이야기〉는 도전하는 마음으로 써 내려갔습니다.
앞으로도 그러한 나의 마음이 변치 않기를 바랍니다.

2022년 2월
김도영

1950년 6월 28일.

그날도 금조는 주인집의 메밀밭에서 꼭두새벽부터 일을 하고 있었다. 메밀밭을 가려면 산 하나를 꼬박 넘어야 하는 길이었기에, 금조는 어린 딸을 주인집에 놓고 나와야 했다.

메밀밭은 언덕 하나를 다 차지할 만큼 드넓었지만, 땅이 비옥하지 못한 탓인지 금조가 키우는 메밀밭엔 새하얀 메밀꽃도, 메밀도 자라지 않았다.

해가 정오를 막 넘을 무렵, 금조는 메밀 언덕 아래를 내려다보았다. 사람들이 모두 떠나고 있었다. 사람들은 누구도 다시는 돌아오지 않을 것처럼 세간살이를 꾸려 그렇게 가고 있었다. 금조의 가슴도 철렁하였다.

금조는 주인집으로 돌아가는 산 하나를 부리나케 넘어갔다. 돌부리에 채이고, 가시에 찔리고, 벗겨진 신발을 주워 들어 가슴에 품고 내달렸다. 얼마나 달리고 얼마나 넘어졌던가. 금조는 자신의 발가락 두 개가 부러진 줄도 몰랐다.

겨우 도착한 마을 어귀에서, 금조 앞에 펼쳐진 세상은 전쟁터였다. 숨을 돌릴 새도 없이 금조는 또다시 주인집으로 내달렸다. 주인집은 고요했다. 금조가 메밀 언덕에 있는 사이, 모두가 피난길을 떠나 버린 뒤였다. 금조는 혼자 놔둔 딸을 애타게 불렀다.

침묵.

금조는 해가 지도록 점점 더 텅 비어 가는 온 마을을 뒤지고 다녔다. 세상이 캄캄해지고, 멀지 않은 곳에서 총소리가 울려 퍼지기 시작했다. 금조는 주인집에 딸린 제 집에서 작은 보따리를 싸며, 어린 딸의 옷도 챙겨 넣었다. 그러고는 벗겨진 신발을 그제야 신으려던 찰나, 부러진 발가락이 퉁퉁 부어오른 것이 보였다. 금조는 신발도 온전히 신지 못하고 주인집을 나섰다. 가까워지는 총소리와 반대쪽으로 그렇게 출발하였다. 주인집과 마을이 시야에서 사라질 때까지 금조는 계속해서 뒤를 돌아보았다. 내 딸은 누가 데려갔는가…

금조 이야기는 그로부터 7개월이 지난 무렵, 1951년 매서운 칼바람이 불어닥치는 1월에 시작된다.

1장

가옥 안.

새로운 거처로 피난을 떠나온 주인집. 금조는 잿빛 누더기를 머리끝까지 뒤집어쓰고 혼자 앉아 있다. 잠시 후, 주인집 여자가 가정부와 나타난다. 가정부는 주인집 여자에게 무어라 귓속말을 흘리고 나간다. 주인 여자는 금조를 잠시 바라보다가, 일순간 반갑게 다가온다. 전쟁 중임에도 주인 여자는 깔끔한 옷차림을 유지하고 있다. 이 주인 여자는 금조보다 조금 어려 보인다. 그럼에도 금조는 옛 주인을 다시 모시듯 몸을 낮춘다. 주인 여자는 급하게 들어오자마자 고급스러운 목도리를 벗고, 겉옷을 벗으며.

주인여자 오래 기다렸어?

금조 아니요. 천천히 하세요.

주인여자 끔찍하게 추워. 정신없이 뛰었더니 이 얼굴 언 것 좀 봐.

금조 그냥 갈걸, 괜히 말씀드렸네요.

주인여자 무슨 그런 서운한 소릴. (금조를 훑어보며 깊은 한숨) 꼴이… 말이 아니네.

금조	(드러나지 않게 옷매무새를 다듬으며) 요즘은 다들 그렇지요.

금조　　　(드러나지 않게 옷매무새를 다듬으며) 요즘은 다들
　　　　　그렇지요.

주인여자　이 난리에도 살아남았다는 게 중요하지.

금조　　　사모님은 좋아 보이시네요.

주인여자　그래 보여?

금조　　　네…

잠시 침묵.

주인 여자는 골똘히 빠져들 듯, 금조의 얼굴을 가만히 바라본다.

금조　　　그래도 제가 잘 찾아왔네요. 오긴 왔는데, 사모님이
　　　　　나 어르신 이름을 몰라서 몇 번이나 거절당하다가
　　　　　겨우 들어왔어요. (짧은 사이) 사모님…?

주인여자　어?

금조　　　괜찮으세요?

주인여자　몸이 녹으니까, 머리도 녹나 봐. 갑자기 멍해진 거 있
　　　　　지. 요즘 자주 이래. 근데 방금 뭐라고 했어?

금조　　　네…? 아… 어르신한테도 인사라도 드려야 되는데.

주인여자　그 인간 빌어먹을 낮잠이나 자고 있을걸. 만석꾼 자
　　　　　식으로 안 태어났으면 피난길에도 처자다가 총 맞
　　　　　을 인간이야. (코웃음) 운도 좋지. 안 그래?

금조　　　여전하시네요.

주인 여자와 금조는 우스운 듯 미소를 띤다.

주인 여자는 담배를 꺼내 태운다.

주인여자　(연기를 바라보며) 배웠어. 금조도 배워 볼래?

| 금조 | (손사래) 아뇨. 어르신이 뭐라고 하실 텐데요. |
| 주인여자 | I don't care. 다 늙은 인간 수발 들어 주는 게 누군데. |

담배를 태우는 주인 여자의 밝은 모습이 사라지고 어딘가 불안해 보인다. 뿜어낸 연기를 가만히 바라보다가 손짓으로 날려 없애기를 반복하고, 담뱃재를 털어내려는 듯 이따금 자신의 허벅지를 털어댄다.

주인여자	내가 아직 서툴러. 남자들처럼 좀… 그럴싸하게 보여야 되는데.
금조	그렇게 보이세요.
주인여자	그래? 습관이 무섭다더니, 요즘은 이거 없으면 하루가 심심해. 근데… 머리에 뒤집어쓴 것 좀 벗어 봐.

금조는 머리까지 뒤집어쓴 누더기를 슬며시 내린다.
금조의 얼굴을 빤히 바라보는 주인 여자는 약간 취한 것 같다.

주인여자	진짜 금조가 맞네. 그대로야. 우리 금조. 얼마 만에 보는 거지?
금조	일곱 달이요.
주인여자	7개월. 어떻게 지냈어?
금조	그럭저럭… 사모님은요?
주인여자	바빴어. 급하게 처분할 게 많았거든. 덕분에 재산은 두 동강 났고. 반년밖에 안 됐는데, 세상이 두 번 뒤집혔어. 알지? 다시 밀려 내려온 거. 8월이면 끝날 줄 알았는데, 벌써 1월이야.
금조	그래도 여긴 안전한가 봐요.

주인여자	그게 얼마나 가겠어. 여기도 벌써 두 번이나 옮긴 건데. 생각보다 너무 길어.
금조	그러게요. 근데… 어디 다녀오세요? 술 냄새가 나네요. 아직 낮인데.
주인여자	사교 모임.
금조	지금도 그런 게 있나 봐요.
주인여자	애국은 남자들만 하나 뭐. (짧은 사이) 우린 다 Marian Mo[1]처럼 되고 싶거든.
금조	그게 뭔데요?
주인여자	마리언 모?

주인 여자는 재미있다는 듯 일어난다.
그러고는 가방을 거칠게 뒤져 초콜릿을 꺼내 금조 앞에 놓는다.
금조는 초콜릿을 가만히 바라본다.

주인여자	먹어 봐. 엄청 맛있어. (잠시 사이) 먹어 보래도?

주인 여자는 초콜릿 포장을 뜯어 내민다.
잠시 사이.

주인여자	(짜증스럽다) 싫어? (짧은 사이) 아. 미안.
금조	마리언 모가 초콜릿인가 봐요.
주인여자	뭐?

주인 여자는 헛웃음을 흘리며 포장을 뜯은 초콜릿을 게걸스럽

---

1 Marian Mo. 모윤숙. 시인이자 친일반민족행위자. 이승만 정권하에서 미군을 위한 성매매 사교 모임 '낙랑클럽'을 이끎.

게 먹어 치운다.

주인여자   구걸하지 않는 거야. 양키놈들도 Marian Mo한테
          는 함부로 못 덤비거든.

주인 여자는 초콜릿을 씹어 먹으며, 손에 들고 있는 초콜릿을
멍하게 내려다본다.

주인여자   전쟁 끝나면 난 호텔을 하고 싶어. 미국인들이 득실
          거리는 호텔. 걔네들은 지갑을 잘 열거든.
금조   지금도 이렇게 잘사시잖아요.
주인여자   7개월 만에 두 동강이 났다니까. 우리가 가진 건 그
          런 거야. 쉽게 내놔야 되는 푼돈. 그나마 남은 반도
          없어지면 난 클럽에서 빠져야 될걸. (기묘한 웃음)
          전쟁터가 나한테 학교가 될 줄 누가 알았어. 금조
          UN 알아?
금조   들어 봤어요. 미국인들이라고…
주인여자   Marian Mo는 그 대장이랑 커피 마셔. 산책도 하
          고. (약간 속삭이며) 그렇고 그런 사이라는 소문도
          들리거든. 대단한 미모도 아닌데 말이야. 비결이 뭔
          줄 알아? (짧은 사이) 안 궁금해?
금조   아… 뭔데요?
주인여자   시를 읊어 준다나?
금조   사모님 근데요 혹시…
주인여자   (자기 생각에 푹 빠져서) 호텔 이름도 생각해 놨는
          데.
금조   (짧은 사이) 뭔데요?

주인여자	(짧은 사이) Go to hell.
금조	무슨 뜻인지 저는 잘…
주인여자	(생긋 웃으며) 천국행 호텔. 그때 금조도 와서 일해. 하이, 헬로우, 예쓰. 이거만 할 줄 알면 돼. 특히! 예쓰! 이름도… 금조니까… 골드 버드. 좋네. 골드 버드. You are GOLD BIRD.
금조	네…
주인여자	옷 한 벌 내줄까? 행색이 말이 아니야.
금조	얼마 못 갈 거예요.
주인여자	(가만히 금조를 바라보며) 아는 얼굴을 다시 보니까… 너무 반가워. 뭔가 잃어버린 걸 되찾은 기분이야. 이름 듣자마자 뛰었다니까. 아. (소리친다) 차 좀 가져와!
금조	괜찮아요.
주인여자	게을러터졌어.
금조	제가 손님처럼 안 보였을 거예요.
주인여자	뭐… 들은 거 없어?
금조	뭘요?
주인여자	저것들이 내 욕하는 거.
금조	없었어요. 왜요?
주인여자	걸리기만 기다리는 중이거든. 분명 뭐라고 지껄이는 것 같은데… 가죽까지 벗겨서 내보낼 거야. 금조같이 점잖은 사람이 없어. 다시 우리 집에서 일할래?
금조	지금은 어렵겠네요.
주인여자	나중에 다시 꼭 와. 나 같은 주인 만나기도 힘들걸.

그때, 찻잔 두 개를 들고 주인 여자의 가정부가 나온다.

가정부는 계속 재채기를 해대며, 몸을 긁는다.

주인여자　손님이 왔으면 차부터 내놨어야지.
가정부　　막 내오려던 참이있어요.
주인여자　또 말대꾸. 이 인간 아직도 자?
가정부　　깨울까요?
주인여자　금조가 왔다고 얘기했어?
금조　　　안 그러셔도 돼요.

가정부는 계속 몸을 긁으며 누더기 차림의 금조를 흘끔 바라본다.

금조　　　(가정부에게 약간 인사하며) 밥 잘 먹었습니다.
가정부　　(몸을 긁으며) 예… 뭐…
주인여자　왜 그렇게 긁어?
가정부　　개털 때문에요.
주인여자　(웃음) 개털?
가정부　　네. 왜요?
주인여자　일 봐.
가정부　　네.

가정부가 몸을 긁으며 나간다.

주인여자　자기는 사람인 줄 아네. 정말 웃기다니까.
금조　　　(잠시 사이) 일하는 분들 중에 제가 아는 얼굴은 없네요.
주인여자　말도 마. 우리 집으로 지들 가족을 다 끌고 올 기세

였거든. 난 그렇게 많은 종은 필요도 없고.

잠시 침묵.

금조 괜찮게 되겠지요.

주인여자 그렇게 생각해? 난 잘 자다가도 비 내리는 날 천둥 소리에 깨. 그리고… 상황을 알아보기도 전에 뭐부터 챙겨야 되나 생각하지. 창문을 열어 보면 되는데, 금조는 모르지? 이 동네 누구도 창문 안 열어.

금조 겨울이니까요.

주인여자 (헛웃음) 뭐?

금조 지금은 겨울이라서 그런 걸 거예요.

주인여자 봄이라고 다를까. 창문 넘는 건 총알만 있는 게 아니거든.

금조 제 딸 보셨어요?

잠시 침묵.

주인여자 아. 걔? 아까 들었어. 여기 있을 줄 알고 왔나 본데, 헛걸음을 해서 어쩌지.

금조 분명 보셨을 거예요.

주인여자 설마 계속 딸을 찾아다니는 건 아니지?

금조 애를 보셨죠?

주인여자 7개월 전이면… 경황이 없어서 봤어도 기억할 리가 없잖아.

금조 아마 사모님한테 엄마가 어디 있는지 물어봤을 수도 있어요.

주인여자	글쎄. 다른 사람들은?
금조	다들 어디로 갔는지 찾을 수가 없네요. 사모님 댁은 그래도 알 만한 집이라서 쉽게 찾았어요.
주인여자	어디서 들었어?
금조	뭘요?
주인여자	알 만한 집이라서 쉽게 찾았다며. 얘기해 준 사람이 있을 텐데.
금조	아니요… 물어물어 그냥…
주인여자	7개월 동안 나를 찾은 거야?
금조	여기저기요.
주인여자	여기저기?
금조	다른 사람들도 찾아봤다가, 피난도 갔다가… 분명 누군가 데리고 가 줬을 테니까요.
주인여자	뭘 물었는데?
금조	네?
주인여자	우리 이름도 몰랐다면서 뭘 물었길래 여길 찾아낸 거야?
금조	아직… 부자일 거라고 생각했어요. 이 마을에 피난 온 사람 중에 제일 부자일 거라고요.
주인여자	(한숨) 정말 피곤하다니까. 금조도 알지? 우리 같은 사람이야말로 전쟁에서 가장 큰 손실을 본다는 거.
금조	예.
주인여자	정말 애 때문에 온 거였네. 난 또…

금조는 말없이 주인 여자를 바라본다.

주인여자	도움 못 돼서 어쩌지. 7개월이나 됐는데, 찾을 수 있

	을까.
금조	아닙니다.
주인여자	여기까지 온 김에 좀 씻자. (소리친다) 목욕물 좀 받아 놔!
금조	아니에요. 그러실 필요 없어요. 이게 안전해요.
주인여자	(짧은 사이) 무모해.
금조	뭐가요…?
주인여자	어린 여자애를 피난길에 잃어버렸다는 게 무슨 뜻인지 알잖아. 누가 데리고 가 주기라도 했다면 천운이겠지만, 누가? 그래. 누가 데리고 갔다 쳐. 이 엄동설한에 먹여 주고, 재워 주는 사람이 있을까? 금조도 알잖아. 그때 우리 집에서 일했던 것들 중에 그럴 만한 인간이 있기나 했어?
금조	글쎄요. 전 메밀밭에 있어서.
주인여자	메밀밭?
금조	사모님 댁 메밀밭이요.
주인여자	아… 그랬나?
금조	산 하나를 넘어가야 있는 메밀밭이에요.
주인여자	내 집 식탁에 메밀이 올라온 적은 없는데.
금조	잘 안 됐어요. 몇 해째 뿌린다고 뿌렸는데, 거기가 메밀 자리는 아니었나 봐요. 그날도 사모님께서 절 메밀밭에 보내셨어요. 꼭두새벽에 출발해서 한창 일을 하고 있는데, 갑자기 언덕 아래로 사람들이 지나가더라구요. 전쟁이 났다더니, 정말 일이 났구나… 아무리 빨리 가려고 해도 산 하나를 넘는 게 보통 일은 아니잖아요. 근데 벌써 다들 떠나고 안 계시더라구요. 집도 깨끗하게 잘 정리돼 있었고요.

주인여자	무슨 얘기가 하고 싶은 거야?
금조	정신없이 떠난 건 아니었다는 거죠. 사모님이나 어르신 정도 되는 분들이라면, 피난을 가게 될 거라는 걸 알고 계셨을 거예요. 근데 왜 저를 메밀밭에 보내신 거예요?
주인여자	글쎄. 별생각 없었어. 난 그냥 일을 준 거잖아. 매일 아침 일거리를 할당해 주는 게 내 일이야.
금조	씨도 안 자라는 그런 메밀밭이 아니라 차라리 다른 일을 주시지 그랬어요.
주인여자	애를 잃어버린 게 안타깝긴 한데, 내가 챙겨야 되는 건 아닐 텐데.
금조	이 찻잔. 7개월 전에도 쓰시던 거네요.
주인여자	뭐?
금조	이건 여기 있네요. 찻잔은 필요하셨나 봐요.
주인여자	지금⋯ 내 탓을 하는 거야⋯?
금조	네.
주인여자	미쳤어?
금조	사모님뿐만 아니라 그 집에 있던 모두를 탓하는 거예요.

잠시 침묵.

주인여자	안됐네. 반가웠는데.
금조	저도요.

주인 여자는 어이가 없는 듯 금조를 바라본다.

주인여자	대체… 7개월 동안 무슨 일이 있었던 거야? 평생 같이 산 시간이 얼마고, 다른 잡종들보다 내가 널 얼마나 예뻐했는데. 내가 알던 금조 맞아?
금조	아니요.
주인여자	전쟁을 하고 있잖아. 애 하나둘쯤 잃어버리는 건 아무것도 아니란 말이야. 원래 애들이 그래. 그런 애들이 제일 먼저, 제일 많이, 아무것도 아닌 일로 그렇게 되는 게 전쟁이라잖아.

주인 여자는 무언가 당혹스러운 듯, 불안한 모습으로 담배를
꺼낸다.
그러다 일순간 갑자기.

주인여자	(소리친다) 근데 그걸 왜 나한테 따져!
금조	물으러 온 거예요.
주인여자	왜. 다음은 나래? 애 때문에 온 거 아니지? 말해 봐. 내 집을 염탐하고, 재산이 얼마나 남았나 살펴보고, 이 집에 문제가 될 만한 게 있나 찾아보고 오래? 누구랑 내통하고 있는지, 어디에 돈을 퍼 주고 있는지?
금조	아니요. 진정하세요.
주인여자	난 정말 몰랐다니까.
금조	그렇게 말씀하실 줄 알았어요.
주인여자	알았다면서 왜 온 거야.
금조	꼭 와야 했어요. 주인이었으니까.

가정부가 재채기를 하고 몸을 긁으며 나온다.

가정부	목욕물 다 됐어요.
주인여자	됐어. 간대.
가정부	예? 아니 물 다 받아 놨는데…
금조	(가정부에게) 죄송해요. 저 주먹밥 두 개만 싸 주실 래요?
가정부	(어리둥절하게 주인 여자를 보며) 사모님.
주인여자	싸 줘.

가정부 나간다.
금조와 주인 여자 사이의 긴 사이.

주인여자	밖에 묶어 둔 건 뭐야.
금조	개요.
주인여자	그건 나도 알아. 뭐 하러 데리고 다니냐고.

잠시 사이.

금조	냄새를 잘 맡아요. 사모님 댁도 잘 찾던데요. 제 딸 도 찾아내겠죠.
주인여자	어디로 갈 건데.
금조	모르겠어요. 근데 이제야 목줄에서 풀려난 것 같네 요.
주인여자	목줄…? 잘해 봐.

주인 여자가 돌아서서 나간다.

주인여자	(나가다 멈춰서) 또 올 거야?

금조　　　아니요.

주인 여자가 다시 나간다.
사라지는 주인 여자의 뒷모습은 금방이라도 무너질 것처럼 축
처져 있다.
금조는 사라진 주인 여자에게 고개 숙여 인사를 한다.
그러고는 다시 누더기를 머리끝까지 덮는다.

2장

검고 거대하며, 얼룩덜룩한 아무르 표범이 어른거린다.

표범   엄마? 아빠? 어디 있어? 오호라… 꽁꽁 숨었으니까,
             나더러 찾아보라는 거지? 좋아. 딱 기다려. 금방 찾
             아낼 테니까.

표범, 이곳저곳 냄새를 맡으며 돌아다닌다.

표범   이번엔 좀 어려운데? 나 이제 재미없어. 그렇게 숨
             지 않아도 먹이는 얼마든지 많잖아. 왜 꼭 내가 찾
             아 나서야 돼? 난 표범인데? 나무 오르기, 발톱 세우
             기, 턱에 힘주기, 이빨 단단하게 만들기, 꼬리 움직
             이기… 다 할 수 있게 됐단 말이야. 엄마! 나 이제 정
             말 재미없는데! 빨리 나와! 나오라니까…?

불이 난다.
표범은 불이 난 숲을 한참 바라본다.

표범 꽤 오랫동안 불이 멈추지 않았어. 엄마, 아빠가 아직 저기에 숨어 있을 텐데… 하지만 다가갈 수가 없었어. 난 한참을 달려서 숲을 빠져나가. 숲의 끝에 다다르면 고원이 펼쳐져. 난 숲이 시작되는 거기. 숲이 끝나는 거기. 숲과 고원이 나누어지는 거기가 좋아. 양쪽 모두가 다 내 거 같거든. 숲이 구워지는 냄새는 내가 다른 냄새를 못 맡게 해. 이를테면 짐승들, 가축들. 난 눈으로 찾아야 했어. 근데 고원에선 내가 먹을 것들이 점점 없어져. 내 몸에서 엄마의 냄새도 희미해져. 엄마의 냄새… 혓바닥으로 핥아 주고, 몸을 비벼 주던 냄새. 나를 가득 채워 준 엄마의 젖 냄새.

표범은 자신의 온몸 구석구석 냄새를 맡는다.

표범 얼마나 시간이 흐른 걸까… 아직 저기에 숨어서 날 기다리고 있을까? 다시 숲으로 돌아갔지만, 숲이… 없어졌어! 엄마가 숨어 있던 자리에 뭔가가 있어. 수력발전소. 여긴 우리 집이었는데. 여긴 새로운 우리 집인 걸까? 나는 선택해야 했어. 들어가 볼까? 엄마, 아빠가 이 안에 있을까? 담장 위로 올라가서… 모두 다 내 것처럼 생각하면서… 한참을 서성여. 그런데 생각해 보니까, 높은 곳에 너무 오랜만에 올랐어. 지구상에 남은 아무르 표범은 오직 내가 전부라고 느끼면서. 선택은 잠깐 잊어버리고, 난 평야와 언덕들을 바라봐. 담장 안으로 들어가기 직전에.

3장

기차 소리가 들리는 역.
금조가 서 있다.
역무원이 붉은 깃발을 들고 금조에게 다가온다.

역무원   여긴 기차 안 서는데.

금조   왜요?

역무원   저건 전쟁터로 가는 거라서.

금조   그럼 군인들만 타나요?

역무원   유령들이에요.

금조   네?

역무원   못 돌아올 테니까.

금조와 역무원이 지나가는 기차를 바라본다.

금조   보셨어요?

역무원   뭘요?

금조   소년이요. 방금 창문 안으로 어린 남자애가 보였는
데.

역무원	그래서요?
금조	전쟁터로 가는 기차라면서요.
역무원	그런데요?
금조	아직 앳된 얼굴이었는데…
역무원	어떻게 생겼는데요?
금조	아뇨… 자세히는 못 봤어요. 그 아이도 전쟁터로 가는 걸까요.
역무원	쓸모 있는 부품은 죄다 가니까. 그쪽은 어디 가는데요? 여기 사람들 다 피난 가고 없는데.
금조	저도 피난 가는 길이에요.
역무원	그럼 기차 떠난 반대 방향으로 가요.
금조	저 기차에서 아이를 빼내 올 방법이 없을까요?
역무원	달리는 기차에서?
금조	(약간 답답한 듯) 아니요. 전쟁터에서요.
역무원	아아. 글쎄. 그랬다간 오해를 살 텐데.
금조	무슨 오해요?
역무원	전쟁 중에 살 만한 오해가 하나밖에 더 있나 뭐.
금조	그런 건 아닌데.
역무원	함부로 나서지 마쇼.
금조	다음 역에선 기차가 멈출까요?
역무원	제 부모도 못 한 일을 그쪽이 왜 나서요?
금조	아직 어리잖아요.
역무원	뻔하지. 입이라도 하나 줄여 보려고 그 어린애를 군인들한테 그냥 내줬겠지.
금조	그럴 리가 없어요. 아마 방법을 찾고 있을 거예요. 기차에서 아이를 내리게 할 방법이요. 말해 주세요. 저 기차가 어디로 가요?

역무원	혹시… 아는 애였어요?
금조	그건 아닌데. 그건 아니지만…
역무원	(손사래) 그럼 얘기 끝났네.
금조	저 애를 위해서 아무것도 안 하나요?
역무원	나라를 위해서 하는 일인데, 할 수 없잖아요. 그리고 나는 저 애가 자원했을 거라고 봅니다. 피난이나 얼른 가세요.

역무원이 붉은 깃발을 흔들며 사라진다.
금조는 기차가 떠난 방향을 한참 바라본다.
그러고는 반대 방향으로 가려다, 기차가 떠난 방향으로 걸음을 돌린다.

금조	가자.

금조가 사라진 기차역 자갈밭으로 긴 꼬리가 따라간다.

4장

완전군장을 한 소년병1, 소년병2.
두 소년병의 얼굴에 땟국물이 가득하다.

소년병1 중공군, 북한군?

소년병2 뭐가.

소년병1 뭐가 더 편하냐고.

소년병2 그러니까 뭐가.

소년병1 (짧은 사이) 쏠 때.

침묵.

소년병2 상관없어.

소년병1 진짜?

소년병2 그딴 게 뭐가 중요해.

소년병1 너 군번 받았어?

소년병2 아직. 이번 전투에서 이기면 준대.

소년병1 지면.

소년병2 안 질 거야. 그러니까 정신 좀 똑바로 차리고, 뭐라도 보이면 무조건 갈기란 말이야.

소년병1 그러면 안 될 것 같아.

소년병2 뭐?

소년병1 나는… 도저히 못 쏘겠어.

소년병2 죽고 싶어서 환장했냐?

소년병1 엊그제 봤지. 우리 또래였잖아.

소년병2 그래서.

소년병1 살려 달랬단 말이야. 나한테 살려 달랬단 말이야.

소년병2 그랬으면 너부터 뒈졌어.

소년병1 만약에 내가 안 쐈으면… 걔가 날 쐈을까…?

소년병2 당연하지, 멍청아.

소년병1 안 쐈을 수도 있잖아.

소년병2 입 좀 닥쳐.

소년병1 걔도 군번 하나 없이 거기 묻힌 걸 수도 있잖아.

소년병2 닥치라고 했다.

소년병1 걔도 엄마가 보고 싶었을 수도 있잖아!

소년병2 (소년병1의 멱살을 잡아끌며, 속삭인다) 조용히 해.
누가 들으면 너 죽어.

소년병1 알았어…

침묵.

소년병1 마지막으로 뭐 먹었어?

소년병2 또 뭘 마지막.

소년병1 여기 오기 직전에.

소년병2 (짧은 사이) 기억 안 나.

소년병1 기억해 봐. 주먹밥? 아니면 된장국?

소년병2	시끄러 좀.
소년병1	나는 뒷산에 올라갔었어.
소년병2	뭐 하러.
소년병1	내려다봤지. 우리 집을. 전투는 다 이런 산에서 치른다고 들었거든.
소년병2	그래서.
소년병1	잊어버리지 않으려고. 근데 뒷산에서 우리 집 안 보이더라.
소년병2	벼엉신.

소년병1이 마치 산 아래를 내려다보듯 멀리 응시한다.

소년병2	뭐 하는데.
소년병1	여기서도 안 보이네.
소년병2	여기 골짜기야.
소년병1	우리 엄마 아부지, 피난은 잘 갔을까…
소년병2	갔겠지…
소년병1	보고 싶다.
소년병2	애냐… 이 판국에 엄마 타령이나 하게.
소년병1	넌 왜 왔어?
소년병2	몰라.
소년병1	나는 있지. 네가 있어서 좋아.
소년병2	뭐⁉
소년병1	네가 같이 있어서 좋다고.
소년병2	징그러운 소리 하지 마라.
소년병1	전쟁 끝나면 우리 같은 동네서 살자.
소년병2	전쟁 끝나면 너 꼴도 보기 싫어.

소년병1   어째서…?

소년병2   (짧은 사이) 생각하기도 싫으니까.

소년병1   맞다… 그렇겠네.

소년병2   (흘끔 소년병1을 보고는) 뭐… 네가 오든가. 난 귀찮
          으니까.

소년병1   당연히 내가 가야지!

소년병2   그러고 싶으면 제발 총이나 잘 쏴. 소대장한테 욕
          좀 그만 먹고.

그때, 사방에서 꽹과리 소리와 나팔 소리가 울려 퍼진다.

소년병2   중공군이다.

소년병1이 골짜기 사방에서 울려 오는 소리들에 짓눌린 듯 서
있다.

소년병2   정신 차려.(소년병1을 흔들며) 정신 차리라고!

소년병1   우리… 여기 갇힌 거지…?

소년병2   살고 싶으면 어떻게 해야 되는지 배웠잖아.

소년병1과 소년병2는 서로 등을 맞대고,
원으로 포위된 골짜기 위를 향해 총을 겨누고 빙빙 돈다.
골짜기 밖에서 들리는 소리들이 점점 커지고,
이내 적군의 함성 소리마저 요란하게 울려 퍼져 온다.

소년병2   갈겨!

소년병1   엄마!

암전.

5장

주인 여자가 술에 잔뜩 취한 채 테이블에 앉아 있다.
테이블 위에는 양담배와 양주 그리고 초콜릿이 놓여 있다.
주인 여자의 옆에는 가정부가 초조하게 서 있다.

가정부　　저기 사모님?

주인여자　머리가 깨질 것 같아.

가정부　　술을 너무 많이 드셔서 그래요.

주인여자　안 취했어. 심장도 터질 것 같아.

가정부　　계속 이렇게 계실 거예요?

주인여자　문제 있어?

주인 여자는 양주를 병째 들고 연거푸 마신다.

가정부　　술은 좀 그만 드시고요.

주인여자　왜 너까지 이래라저래라야! 죽고 싶어!?

가정부　　(참으며) 여기 계속 계시면 위험한데.

주인여자　여긴 내 집이야. My-house. My! House!

가정부　　예, 예. 백날 말해도 전 꼬부랑말은 모르겠고요.

주인여자	이 개똥 같은 인간은? 또 퍼질러 자겠지?
가정부	사모님. 정신을 좀 차리세요.
주인여자	개똥 같은 인간. 머저리! 그래! 입 닥치고 잠이나 자 주는 게 돕는 거지!
가정부	(소리친다) 사모님!

주인 여자는 얼빠진 얼굴로 가정부를 바라본다.

가정부	사장님처럼 되기 싫으면 당장 가야 된다니까요.
주인여자	어딜…? 어딜 가…? 어디로…?
가정부	그거야 사모님이 생각을 해 보셔야죠.
주인여자	(짧은 사이) 너 알고 있었어? 그 인간이 진짜 공산당 인지 뭔지?
가정부	아니요.
주인여자	근데 왜 죽어.
가정부	제가 그걸 어떻게 알아요.
주인여자	그럼 누가 고발을 했다는 거야?
가정부	지난번에 찾아왔던 그 여자 아니에요…?
주인여자	금조?
가정부	영 이상했잖아요.
주인여자	금조는 아니야. 그런 거짓말을 했을 리가 없어.
가정부	(못마땅한 듯) 그럼 한둘이겠어요. 조심 좀 하시라 니까… 대낮에도 취해서 돌아다니질 않나, 그 양키 군인들하고 활보하질 않나… 몸을 죽어라고 사려 도 모자랄 판에, 혼자 어디 천국에 있는 사람마냥 웃고, 떠들고, 마시고…
주인여자	입 닥쳐!

| 가정부 | (화들짝) 놀래라. |

잠시 침묵.

가정부	얼른 여기서 떠나야 돼요.
주인여자	난 잘못한 게 없어… 난 아무 짓도 안 했는데…
가정부	지금이야 공산당이니 뭐니 해도, 전쟁 끝나면 조용해지겠죠. 좌우지간 그때까진 어디 숨어서 몸 좀 사리세요.
주인여자	내 돈은…?
가정부	한 푼도 안 남았잖아요.
주인여자	그럼 난 이제 어떡해…?
가정부	그 클럽인지 뭔지 거기선 안 도와준대요?
주인여자	(짧은 사이) 출입 거부당했어.
가정부	그럼 뭐… 친정에라도 가시던가요.
주인여자	싫어. 그 거지 같은 집에 이 꼴로 가긴 죽어도 싫어.
가정부	아유. 저는 모르겠으니까 사모님 알아서 하세요.
주인여자	로버트. 로버트 봤지? 아… 로버트가 있었지… 나한테 청혼도 했는데… 우리 미국 가자.
가정부	미국이요!?
주인여자	그래. (손가락에 낀 반지 보여 주며) 이거 로버트가 준 거야. 아마 지금쯤이면 왜 클럽에 내가 안 나왔냐고 난리를 치고 있을걸!?
가정부	그러면… 사모님 혼자 가실 수 있죠?
주인여자	너는? 미국은 엄청 넓고, 엄청 좋대. 거긴 전쟁도 없대. 로버트 같은 군인들이 지켜 주니까,
가정부	전 제 갈 길 가야죠.

주인여자　　그래? 그래… 그럼.

주인 여자는 금방이라도 출발할 것처럼 해 놓고는 가만히 앉은
채 테이블에 두 손을 가지런히 올려 두고 바라만 본다.

가정부　　안 가세요?

주인여자　　무식하긴. 미국이 가까운 줄 알아? 로버트가 데리러
　　　　　　　와 줄 거야.

가정부　　그러시든가요. (나가려다) 사모님 근데요. 그 금조
　　　　　　　라는 여자가 찾던 애는 진짜 못 봤어요?

주인여자　　봤어.

가정부　　예!?

잠시 침묵.

주인여자　　아까운 내 돈… 피 같은 내 새끼들…

가정부　　아니. 그러면. 진짜 누가 데려간 거예요?

주인여자　　머리가 너무 아파.

가정부　　근데 못 봤다고 하셨잖아요.

주인여자　　머리가…

주인 여자는 그대로 테이블 위로 머리를 처박는다.
긴 사이.

가정부　　사모님?

침묵.

가정부　　　자는 거예요?

침묵.
가정부는 주인 여자를 살살 흔들어 본다.
그러자 주인 여자의 팔이 툭 떨어진다.

가정부　　　어마야… 이 미친년 죽었네. 아이고… 참 갈 때도 뭐
　　　　　　같이 가네… 에라이… 개똥이나 먹어라.

가정부가 숨진 주인 여자를 놔두고 나가려다가, 슬쩍 돌아온다.
그러고는 주인 여자의 손가락에 끼워진 반지를 억지로 빼낸다.
가정부는 내친김에 주인 여자를 바닥에 눕히고는 더 가져갈 것
은 없는지 몸을 더듬는다.
주인 여자의 주머니에서 기차표 한 장이 나온다.
가정부는 기차표를 확인하고 킥킥 웃는다.

가정부　　　(혀를 끌끌 차며) 황천길 갈 줄도 모르고 1등석은 무
　　　　　　슨… 기차표도 지 것만 딱 끊어 놨네.

가정부는 기차표도 챙겨 넣고 나간다.
싸늘한 바람이 주인 여자를 휘감아 간다.

6장

표범　오늘은 모리타와 사냥을 나갔다. 모리타는 수력발전소에 사는 인간이다. 모리타 말고도 하나가 더 있는데, 노구치다. 모리타와 노구치는 나와 함께 산다. 담장 너머 거대한 수력발전소는 노구치와 모리타가 만들었다. 이 딱딱한 왕국의 주인은 노구치와 모리타다. 나는? 노구치와 모리타가 왕국에서 가장 좋아하는 표범이다. 담장 안으로 들어가기 직전에, 나는 모리타를 처음 마주쳤다. 모리타는 나를 보고는 태양처럼 웃었다. 나는 담장 아래를 왔다 갔다, 왔다 갔다. 아무리 찾아도 엄마, 아빠는 보이지 않았다. 그때 모리타가 한쪽 손바닥을 활짝 펴 내밀어 보이고는 다른 손으로 주머니에서 뭔가를 꺼냈다. 모리타는 가까이 오라는 듯 주머니에서 꺼낸 손바닥을 천천히 편다… 달콤한 냄새가 난다… 말린 무화과였다. 나는 나도 모르게 천천히… 천천히… 다가갔다. 그러고는 손바닥에 올려진 무화과를 먹었다. 내가 다가왔을 때 사실 모리타는 너무 무서워서 숨도 쉬지 못했다고 한다. 모리타의 손바닥에선 달콤한 무화과 냄새가 났지만, 무화과를 더 맛있게 만든 건 모리타 손바닥에서 풍기는 피 냄새였다. 모리타는 사냥을 좋아하는데, 노구치는 미워한다. 노구치는 사냥의 재미를 모르는 인간이다. 노구치는 날 보자마자 뒷걸음질을 쳤다. 나는 하품이 나왔다. 하품. 좋은 징조였다. 노구치와 모리타는 나와 함께 산다.

짧은 침묵.

표범　오늘은 모리타와 사냥을 했다. 고원의 들판을 우린 멋지게 달렸다! 모리타는 절대 날 따라올 수 없다! 우린 사냥을 했다. 그러다가 샘물가에서 나는 사람을 물었다. 노구치와 모리타의 수력발전소에서 봤던 사람이었다. 모리타는 내 머리를 쓰다듬으며 잘했다고 얘기했다. 하지만 다음부터는 발전소 밖에 있는 사람을 사냥하라고 했다. 모리타의 잔소리에 나는 하품이 나왔다. 좋은 징조였다. 한 가지 더. 이 사실은 노구치에겐 절대 비밀이다. 그날 결코 돌아오지 않은 사람을 노구치가 밤새 기다렸으니 말이다. 하-암.

7장

야트막한 숲의 어딘가.

금조가 숲에 기대어 가만히 앉아 있다.

금조는 주먹밥 하나를 꺼내 한 입 베어 문다.

그러자 가까이에서 새소리가 들려온다.

금조는 새소리를 찾아 두리번거리고, 이내 자신의 주변에 주먹
밥 밥알 몇 개를 떼 놓는다.

밥알을 향해 새들이 다가온 듯, 금조는 구슬프게 바라본다.

금조   오늘은 여기서 쉬어야겠어. 근처에서 너도 먹을 걸
              찾아봐.

숲에서 긴 꼬리가 빠져나간다.

금조가 주먹밥을 천천히 먹는 사이.

한 남자가 다가온다.

남자는 무언가를 질질 끌고 있는데,

친구가 누워 있는 포대 자루를 질질 끌고 온 것이다.

금조는 못 본 척하며 다시 누더기를 머리끝까지 뒤집어쓴다.

남자　　　저 혹시…

금조는 대답하지 않는다.

남자　　　음식을 좀 얻을 수 있을까요…

금조는 대답하지 않는다.

남자　　　죄송합니다…

그제야 금조는 가까이 다가온 남자가 질질 끌고 있는 것이 사람임을 알아본다.

금조　　　저기요.
남자　　　네!

금조는 자신이 먹던 주먹밥을 내민다.

금조　　　이거라도.
남자　　　드시던 거 아닌가요… 다른 건 없고요…?

금조가 다시 팔을 거둔다.
남자는 다급해진다.

남자　　　아니요, 그게 아니라… 혹시 그거밖에 없는 거면 제
　　　　　　가 먹기가…
금조　　　괜찮아요.

금조는 다시 주먹밥을 내밀고,
남자는 주먹밥을 받아 잠시 망설이다 단숨에 먹는다.

남자　　　고맙습니다. 정말 고맙습니다.

금조　　　다쳤나 보네요.

남자　　　아… 친굽니다. 죽었어요.

금조　　　(짧은 사이) 근데 왜 그렇게…

남자　　　데리고 다니냐구요? 글쎄요. 묻어 줄 만한 데를 못
　　　　　　찾았나 봐요.

금조　　　네…

남자　　　무서웠을지도 모르고요.

잠시 사이.

남자　　　혼자 있어야 된다고 생각하니까… 무섭더라고요.
　　　　　　혼자…세요?

금조　　　(짧은 사이) 아니요.

남자　　　일행 분은 그럼 어디에…

금조　　　먹을 걸 구하러 갔어요.

남자　　　아… 저도 오는 길에 다 뒤져 봤는데, 통 없더라구
　　　　　　요. 줄기고, 뿌리고 아무것도 없어요.

금조　　　네.

남자　　　잘 먹었습니다… 죄송하네요…

금조　　　아니에요. 또 구할 데가 있겠죠.

남자　　　아… 정말 죄송합니다…

금조　　　괜찮아요.

남자　　　숲은 혼자 있으면 위험해요. 괜찮으시면 일행 분 오

	실 때까지만 같이 있어 드릴게요. 밥값은 해야죠.
금조	아니에요. 그러실 필요 없어요.
남자	불편하시겠지만… 그래도 정말 위험할 겁니다.

잠시 사이.

금조	친구 분은 어쩌다가…
남자	뭐… 이유야 뻔하죠… 전쟁 중이니까요.
금조	슬프셨겠어요…
남자	네, 뭐. 근데 이렇게라도 같이 다녀서 괜찮아요. 근데 어디로 가는 길이세요?
금조	그냥 기차 따라서 가요.
남자	왜요?
금조	글쎄요.
남자	좋은 생각은 아닌 것 같네요. 지금 기차가 향하는 데가 뻔하잖아요.
금조	친구 분처럼 저도 찾아서 데려와야 할 게 있어서요.
남자	그게 누군지 여쭤봐도 됩니까…?
금조	제 딸이요.
남자	아… 어디에 있는지 알고는 계세요?
금조	어렴풋이요. (짧은 사이) 실은 몰라요. 근데 모른다고 생각하면 영영 못 찾을 것 같아요. 어디로 가야 하는지도요.
남자	다는 아니지만, 기분은 알 것 같네요. 저도 이 친구 없으면 저 혼자 어디로 가야 되는지 모를 것 같거든요.

금조와 남자는 가만히 누워 있는 친구를 바라본다.

남자 성함을 여쭤봐도 될까요.

금조는 대답하지 않는다.

남자 죄송해요. 제가 괜히 질문이 많네요. 오랜만에 누군 가를 만나서요. 죄송합니다.

금조 금조요.

남자 금조… 멋진 이름이네요. 금조 씨 따님은 몇 살일 까요.

금조 여섯이었는데, 이제 일곱이 됐겠네요.

남자 전쟁은 왜 하는 걸까요. 그거 아세요?

금조 뭘요?

남자 서로 알고 있는 사람들의 이익을 위해, 모르는 사람 들이 서로를 살육하는 사건이 전쟁이래요.

금조 어렵네요.

남자 바보 같지 않아요?

금조 누가요?

남자 서로 모르는 사람들이요. (한숨) 간신히 자리를 잡 나 보다 했는데… 또 그때처럼 됐습니다. (허탈한 웃음) 다시 빈손으로 어떻게 시작해야 하나… 그래 서 말인데요… 일행이 없으신 것 같네요. 아무래도.

짧은 침묵.

남자 그렇죠…?

금조	늦네요. 제가 가 봐야겠어요. 그럼.

금조가 일어나려 하자, 남자가 금조의 팔을 붙잡는다.

남자	사실대로 말씀해 주셔도 괜찮습니다! 저 나쁜 사람 아니거든요. 배울 만큼 배웠고, 전쟁 있기 전까지는 사업도 했습니다. 정말이요.
금조	놓으세요.
남자	혼자 다니는 건 정말 위험하거든요? 따님도 제가 같이 찾아 드릴 수 있어요. 혼자보다는 둘이 찾는 게 더 빠를 겁니다. 길동무라고 생각하면 되잖아요.
금조	(억지로 팔을 빼내고) 놓으세요!

금조가 자신의 보따리와 딸의 작은 보따리를 들려고 하자,
이번에는 남자가 딸의 작은 보따리를 빼앗아 품에 감춘다.

금조	돌려주세요.
남자	그러니까 제가 꼭 나쁜 짓을 하려는 사람 같잖아요… 전 죽은 친구도 데리고 다닐 만큼 진지하다고요…
금조	당장 내놔.
남자	정말 너무하시네요… 불쌍해서 먹던 주먹밥까지 주실 땐 언제고… 밥값으로 뭔가 도와드리려는 건데… 이런 취급을 하시네요… 정말 나쁘게…
금조	내놔요! 내놔!
남자	무슨 생각을 하시는지 모르겠지만… (사이, 소리친다) 내가 도와준다잖아!

금조는 약간 뒷걸음질 친다.

남자   (다시 온순하게) 것 봐요. 혼자 다니면 정말 위험하
겠죠. 그죠.

금조가 남자의 뺨을 후려친다.
남자는 얼얼해진 뺨을 어루만지며 비루하기 짝이 없는 모습으
로 금조를 바라본다.

금조   내놔.
남자   죄송해요. 근데 혹시 제가 이 친구까지 같이 다니자
고 할까 봐 그래요? 아니에요. 여기 근처에 묻어 주
려고 했어요. (보따리를 천천히 꺼내며) 이거 따님
거죠? 제가 들어 드려요. 제가.
금조   내놔!

금조가 남자에게 달려들어 딸의 보따리를 빼앗으려 한다.
남자 역시 뺏기지 않으려 버틴다.

남자   못 드려요! 제발 같이 다니게 해 주세요! 제발 부탁
드려요! 저 혼자 너무 무서워요.
금조   난 누구하고 같이 다닐 마음 없어. 그거 내 딸 겨울
옷이야. 내놓으라고.
남자   차라리 날 죽이고 가져가요. 나 이제 더는 못 하겠
어.
금조   빨리 내놓으란 말이야!

금조가 온몸으로 밀어붙여 남자를 쓰러뜨리고 보따리를 빼앗아 허겁지겁 도망간다.
보따리를 빼앗긴 남자는 금조를 뒤쫓아 가려 엉금엉금 긴다.

남자　　　금조 씨! 가지 마요! 나 혼자 두고 가지 마!

침묵.

남자　　　(소리친다) 우리 다시 만나게 될 겁니다! 나랑 똑같은 꼴로 다시 만날 거라고요! 금조! 죽을 때까지 기억할 겁니다!

남자는 엉금엉금 기어 와 포대 자루에 누워 있는 자신의 친구를 바라본다.

남자　　　제발… 일어나 줘…

남자는 친구의 포대 자루를 끌고 금조와 반대 방향으로 나간다.
텅 빈 숲에 그르렁대는 낮은 소리와 함께 꼬리가 제자리를 맴돈다.

8장

낡은 탁자가 놓인 어딘가.

시인1이 고민을 거듭하며 무언가 써 내려가는 중이다.

시인2가 그 모습을 바라보다가 낡은 옷을 내민다.

시인2   이걸로 환복하세요.

시인1   (곁눈질로 옷을 흘끔 본다) 위장을 하라고?

시인2   가난해 보일수록 안전할 테니까요.

시인1   어차피 우린 다 가난뱅이야.

시인2   뭘 쓰고 계셨어요?

시인1   (읊는다) 매화 가지에 앉은 것이 황금 새라면, 나는 똥밭을 구르는 인간이라네. 황금 새 날갯짓이 허공을 가른다면, 내 앙상한 두 팔은 총을 들어 겨누겠네. 나의 눈은 찬란함으로 빛나고, 나의 두 발은 혹독한 시절에 서 있다네. (짧은 사이) 역시 부족해.

시인2   뭐가요?

시인1   기개.

시인2   전 좋은데요. 혹독한 시절에 서 있으면서도 눈이 빛날 수 있다는 건 멋지잖아요.

시인1	그래?
시인2	그럼요! 지독한 현실을 견디면서 눈만큼은 이상을 좇는 거니까요. 그러다 보면… 지금은 앙상해도 결국에는 황금 새가 다시 곁으로 올 거라고 믿게 될 거예요.
시인1	그다음엔?
시인2	(약간 신나 보인다) 같이 있는 거죠. 어… 터전이 될 거예요. 여기가요.
시인1	역시 틀렸네.
시인2	예…?
시인1	황금 새를 쏴 버리자는 얘긴데, 이상을 좇자는 걸로 들리나 보네.
시인2	(약간 시무룩해진다) 그게 더 좋지 않을까요… 사람들한테… 그런 희망 정도는…
시인1	부산에서 소식은?
시인2	도착하시면 곧바로 강연할 수 있게 준비해 두었습니다…
시인1	연단 순서는.
시인2	선생님이 두 번째 순섭니다.
시인1	내 앞은 누군데.
시인2	마리아 선생님이십니다.
시인1	그럼 서두를 필요 없겠네.

덤덤한 듯, 자신이 쓴 종이를 가만히 살펴보던 시인1이 갑자기 종이를 벅벅 찢는다.
시인2는 찢어져 버린 시를 황망히 바라보다가 천천히 그러모은다.

시인1	한쪽이 영부인을 등에 업었으면, 나는 장부를 업어야지. 안 그래?
시인2	글쎄요…

시인1은 책 사이에 끼워 둔 편지 한 통을 꺼내 건넨다.

시인1	부산으로 출발하기 전에 전달하고 와. 꼭 이대로 라디오에 내보내라고 해.
시인2	예…

시인2는 건네받은 편지를 들고 잠시 가만히 멈추어 있다.

시인1	뭐 해? 시간 없어.
시인2	연단에 서실 때 조심하시는 게 좋을 거예요. 강연을 못마땅해하는 사람들도 모여들 테니까요.
시인1	애국이니 구국이니, 남자들 힘으로만 얻어낼 수 있다고 믿는 한심한 족속들?
시인2	아니요. 과거를 기억하는 사람들이요. 선생님의 말한마디를 기억하고, 선생님이 잘못됐다고 생각하는 사람들이죠.
시인1	한 트럭을 데리고 와도 난 겁 안 나.
시인2	겁내고 말고의 문제는 아니잖아요.
시인1	그게 아니면?
시인2	아닙니다.
시인1	대답해. 그게 아니면.
시인2	(잠시 사이) 모처럼 시를 쓰셨는데, 아깝게 됐네요. 제가 잘못 알아듣는 바람에…

시인1   괜한 시간 낭비였어. 연단에선 그런 미사여구보다
          보이는 대로, 들리는 대로 말하는 게 낫다는 걸 알
          면서도 말이야.

시인2   (쥐고 있는 편지를 내려다보며) 이 편지가 그런 거
          겠죠. 보이는 대로, 들리는 대로…

시인1   (물끄러미 시인2를 바라보다가) 어디 아파?

시인2   (짧은 사이) 선생님, 저희는 부역자예요.

시인1   뭐?

시인2   해방 때 치워졌어야 될 얼룩이요. 그게 아직도 지워
          지지 않고 왜 남아 있는 걸까, 왜 이 얼룩은 점점 더
          짙어지는 걸까… 그런 생각이 듭니다.

시인1   내가… 얼룩이라는 소리야?

시인2   네. 두 발이 혹독한 시절에 있어도 눈은 빛났는데,
          이제는 눈도 멀어 버린 것 같아요.

시인1   (가볍게 풀어 보려는 듯) 오늘 따라 감상적이네. 그
          러니까 얼른 힘내서 눈 크게 뜨고 갔다 와.

시인2   어떤 힘을 내야 되는데요?

짧은 침묵.

시인1   해방되기 위한 힘, 이기기 위한 힘.

시인2   (편지를 바라보며) 그래서 10년 전엔 황국의 신민
          이 되라는 연설을 하셨는데, 지금은 대한의 국민을
          얘기하시는 거예요? 그래서 동아시아의 10억 인구
          로 미국을 타도하자고 말씀하셨는데, 지금은 세상
          의 중심이 미국이니 빨리 양키의 옷자락을 잡자고
          적으신 거예요?

시인1   외교야. 이 작은 나라의 외교. 뭐가 불만이야 대체?

시인2   아니요. 제 불만을 얘기하는 게 아닙니다. 선생님에 대해서 얘기하는 거예요.

시인1   나에 대해서?

시인2   예전 같았으면 총을 들어 새를 쏴 버리자고 하지 않으셨을 겁니다. 이런 세상에서도 살아남아 버티는 것들이 얼마나 위대한지 적으셨을 거예요. 어떤 위로를 할 수 있는지 생각하셨겠죠···? 작고 약한 것들을 일으켜 세우기 위해서 밤새 고민하셨겠죠···?

시인1   예전엔.

시인2   지금은요?

시인1   힘을 갖는다는 게 옳은 길로 간다는 뜻은 아니야.

시인2   왜 그렇게까지 힘을 주장하시는지 모르겠습니다.

시인1   전쟁 중이야.

시인2   선생님 같은 분이 전쟁을 부추기는 게 아닐까요?

시인1   그만해.

시인2   선생님과 저는 시인이었을 뿐이잖아요.

시인1   세상이 더 좋아지면. 그때 나도 시인이고, 너도 시인이야. 지금은 아니야.

시인2   어째서요?

시인1   시? 당장 밖에 나가서 죽어 나가는 사람들을 봐. 그런 세상을 보고도 살아남은 것들을 위로하자고? 죽음을 위로하자고? 덮어 놓고 끄적이는 위로가 무슨 쓸모가 있지? 어떻게 하면 살 수 있었는지 고민하는 게 시야. 어떻게 해야 이 전쟁에서 이길 수 있을지 고민하는 게 시고, 어떻게 해야 도망치지 않고 싸울 수 있게 하는지 고민하는 게 지금의 시거든.

시인2	하나라도 더 죽이자는 게 어떻게 시가 됩니까! 죽여서 살아남자는 게 어떻게 시가 돼요!
시인1	내가 살아남는 법을 알아야 남도 살리는 법이야. 죽자고 외치는 것보다, 살자고 외치는 거야.
시인2	선생님한테 지금 제 마음이 전달되기는 하는 겁니까…?
시인1	어리광을 참아 주고 있는 게 안 보여? 내 덕분에 지금까지 목숨 건지고 살아남아서 고작 한다는 게 이 상주의 타령밖에 없어?
시인2	네. 살아남았죠. 권력의 개로요. 그까짓 연단 순서가 뭐라고, 어떻게 하면 선생님을 첫 번째 순서로 바꿀까 그 궁리를 하다가 깨달은 거겠죠. 선생님이나 제가 전쟁의 부산물을 먹고 살았다는 사실이요. 과거의 그 커다란 전쟁이 선생님한테 남겨 준 교훈이 이겁니까? 정치가들이 원하는 말이 뭔지 배우신 거예요? 더 높은 사람을 찾기 위해서라면 뭐든 해도 된다는 걸 배우신 거예요?
시인1	그래서 내가 얼룩이라고? 권력의 개? 그럼 개답게 내가 시키는 일이나 똑바로 해. 깨끗한 척 그만 하고.
시인2	전… 정말 선생님의 개였네요.

침묵.

| 시인1 | 잘 먹고, 잘사는 나라가 부러웠어. 야망을 가지고 더 얻기 위해서 전쟁을 일으키는 그 힘. 시작하는 것도, 끝내는 것도 그런 힘이 있어야 가능하다는 걸 알게 됐겠지. 부역은 강해지기 위한 수단이야. 전쟁이 그 |

렇게 끝나지 않았다면 난 부역자가 아니었겠지. 미국이라는 더 큰 힘이 전쟁을 끝내 버리고서야 또 알게 됐어. 더 큰 힘에 대해. 그 밑에서 죽어라고 외쳐 봐야 바뀌는 건 아무것도 없고, 동지들은 너무 쉽게 죽어 나가고. 내가 배운 게 뭐냐고? 불리한 쪽에선 불리하게 끝난다는 걸 배웠어. 언제나 유리한 입장을 옹호해야 한다는 걸 배웠어. 예전엔 그걸 몰랐던 거겠지.

시인2 선생님과 피난은 함께 가지 않겠습니다.

잠시 침묵.

시인1 변절자에 이름을 올리게 될 텐데.

시인2 저는 변절자가 아닙니다.

시인1 내가 그렇게 만들 거야.

잠시 사이.

시인1 (부드럽게) 같이 가. 연단에 두 번째로 서는 거 난 아무렇지도 않아. 우리가 함께 보낸 세월이 10년이야. 10년.

시인2 선생님은 저한테 부모님이셨어요.

시인1 그래. 넌 내 가족이야.

시인2 근데 그거 아세요? 이 전쟁이 절 또 고아로 만들어 버렸네요.

시인1 정말로… 나랑 안 가겠다는 거야?

시인2 네. 선생님은 시를 잃어버리셨고, 전 부모님을 잃은 겁니다.

시인1　　가슴 아프네.

시인2　　길이 험하다고 들었는데, 살펴 가십시오. 감사했습
　　　　　니다.

시인2가 정중히 인사하고 떠난다.
시인1은 떠나간 시인2의 빈자리를 한참 바라본다.

9장

산속 언덕길에 개구리 한 마리가 있다. 제법 크고, 뒷다리의 근육이 심상찮다. 개구리는 이따금 턱을 부풀리며 울어대고, 가다 서다, 가다 서다, 주변을 경계하는 듯하다.

개구리와 떨어진 곳에 들개가 몸을 잔뜩 낮추고 엉금엉금 기어온다. 개구리의 뒤로 금조도 천천히 다가오는데, 들개와 금조의 모습이 마치 각개전투 중인 훈련병 같기도 하다. 들개와 금조는 개구리에게 들리지 않도록 속삭인다.

들개   따라오지 말라니까! 신경 쓰이잖아!

금조   너만 믿고 기다렸다가 오늘도 굶으라고? 그리고 들개면 무리사냥 하는 동물 아니야?

들개   네가 들개야?

금조   집중해, 집중.

개구리   개굴.

금조   근데 저거 개구리 맞아? 좀… 징그러운데.

들개   무슨 상관이야? 먹을 수만 있으면 되지.

금조   계속 그렇게 엎드려 있을 거야? 사냥 안 해?

들개   할 거야. 가만히 좀 있어.

금조	가만히 있었는데.
들개	내가 앞으로 치고 나갈 테니까, 뒤에서 막아. 알았지?
금조	잘 해.
개구리	개굴.

들개가 천천히 다가가려는 그때, 개구리가 금조와 들개를 홱 쳐다본다.
정지.

금조	봤다.
개구리	개굴.
들개	어쩌지?
개구리	개굴.
금조	셋 세면 달려들자.
개구리	개굴.
들개	하나.
금조	둘.
들개	(금조와 동시에) 셋!
개구리	(화들짝 동시에) 개굴!

금조와 들개가 순식간에 개구리에게 달려든다.
그러자 개구리가 뒷다리를 박차고 요리조리 뛰어 도망을 다닌다.
개구리 사냥 치고 몹시 요란하며, 서툴다.

개구리	개굴개굴개굴개굴개굴개굴 ∞ (무한반복)

금조	거기 막아야지!
들개	너 때문에 놓치잖아!
금조	물어! 이빨 뒀다 뭐 해!
들개	잡아! 손 뒀다 뭐 해!

정신없이 울어대며 도망 다니던 개구리는 금조와 들개를 따돌리고 유유히 사라진다.
금조와 들개는 망연자실하여 사라진 개구리를 하염없이 바라본다.
잠시 사이.
금조가 피식 웃는다.

들개	웃음이 나와!? 어떻게 둘이 달려들어서 개구리 하나를 못 잡아?
금조	너 들개 아니지?
들개	내 탓이라는 거야?
금조	어쩐지. 처음 봤을 때부터 사냥하고는 거리가 멀더라니.
들개	오늘은 운이 없어서 그래.
금조	진짜?
들개	그래!

잠시 멍한 사이.

금조	사냥은 우리하고 안 맞네.
들개	무기가 있으면 좋은데.
금조	설마… 누가 우리 본 거 아니겠지? 창피한데.

들개	너 좀 웃기긴 했어.
금조	많이 이상했어?
들개	되게 많이. 나 없었으면 어쩔 뻔했어.
금조	그러게.

들개가 금조를 흘끔 쳐다본다.

들개	그래서, 우리 지금 어디로 가?
금조	그건 너한테 달렸는데?
들개	나?

금조가 딸아이의 작은 옷을 꺼내 들개에게 내민다.
들개는 아이의 옷 냄새를 맡는다.

금조	정말 이 냄새 안 났어?
들개	없었다니까.
금조	못 맡은 거 아니지?
들개	아니야. 정말 없었어.
금조	우린 이 냄새가 날 때까지 떠돌 거야.
들개	계속 없으면?
금조	이 세상을 다 돌아다니면 결국은 있어. 분명히.
들개	정말 중요한 거구나. 역시 잃어버린 걸 다시 찾는 건 쉬운 일이 아니네.

금조가 아이의 옷을 품에 꼭 안는다.

들개	자꾸 그렇게 껴안으면 냄새가 더 희미해진다니까.

금조	알았어. 보기만 할게.

금조가 아이의 옷을 다시 넣는다.

들개	다른 가족은 없어? 넌 엄마잖아. 아빠는?
금조	죽었어.
들개	왜!?
금조	왜냐구…? 글쎄… 모르겠네.
들개	어떻게 몰라?
금조	그땐 그냥… 시절이 안 좋았어.
들개	그게 다야?
금조	응.
들개	(짧은 사이) 미안해.
금조	왜?
들개	다음엔 꼭 사냥에 성공할게.
금조	아니야. 사냥 같은 거 못해도 돼.
들개	그게 내 일이잖아.
금조	아니야.
들개	나한테 그런 걸 바란 거잖아.
금조	아니야.
들개	거짓말.
금조	난 네가 사냥에 영 소질이 없어서 좋은 건데.
들개	진짜…?
금조	꼭 뭔가를 잡아먹지 않아도 돼. 그건 네가 해야 할 일이 아니야.
들개	이상해.
금조	가자.

그때, 들개가 무언가 냄새를 맡은 듯 어딘가를 바라본다.

금조   왜?

들개   냄새가 나…

금조   무슨 냄새야? 사람이야? 위험한 냄새야?

들개   모르겠어. 조금 더 가까이 가 봐야 돼.

금조   우리 애 냄새야?!

들개   가 보자.

10장

숲속 어느 동굴.

호롱불이 일렁이고, 호롱불 주위에 여인 세 사람이 둘러앉아 주먹밥을 싸고 있다. 여인들의 그림자도 일렁이는 호롱불과 함께 동굴 벽 가득 일렁인다.

여인2   형님. 좀 크게크게 싸야지. 그렇게 쬐끄맣게 싸서 어디 배나 부르것수?

여인1   야, 이년아. 밥알도 몇 개 없는데 작게 싸서 여럿이 먹는 게 낫지, 한두 놈 배불러서 쓰것냐?

여인2   하이구. 형님이 싼 주먹밥이 그게 주먹밥이유? 메추리알 밥이지.

여인1   네가 싼 건 주먹밥이냐? 폭탄이지?

여인2   (웃음)이거 터지면 행복하겠네!

여인1   (웃음)그러게. 비싼 폭탄보다 밥 폭탄이 낫겠다.

여인2, 갑자기 한숨을 푹푹 내쉰다.

여인1   이년이⋯ 잘 웃다가 왜 또 한숨이야.

여인2	폭탄이든 밥 폭탄이든 나는 계속 쭈그리고 앉아서 밥이나 싸야 되잖수.
여인1	밥 싸는 게 어때서?
여인2	형님은 지겹지도 않아요?
여인1	이것처럼 편한 게 어디 있다고.
여인2	하여간… 생각하고는. 아이 좀 크게 싸라니까. 하나를 먹어도 속이 든든해야 총을 들든, 시체를 엎든 할 거 아니어요.
여인1	에라이. 재수 없는 소리. 퉤퉤퉤. 침 뱉어 이년아.
여인2	퉤퉤퉤. 근데 너는 왜 꿀 먹은 벙어리래. 뭔 일 있어?
여인1	그러게. 입에 밥풀 붙었냐?

여인1과 여인2, 여인3을 바라본다.
여인3은 아무 말도 없이 주먹밥을 동그랗게 꾹꾹 누르고 있다.

| 여인2 | 진짜 무슨 일 있나 보네. 왜. |

여인1이 여인2의 옆구리를 쿡 찌른다.

여인1	전쟁터에 자식 보내 봐. 무슨 할 말이 있겠어.
여인2	이 동네에 자식, 남편 보낸 사람이 얼마나 많은데… 그래서 우리가 이러고 앉아 있는 거 아니야. 배라도 곯지 말라고. 얼굴 좀 펴.
여인3	(손에 꼭 움켜쥔 주먹밥을 보며) 이게 내 새끼 입으로 들어가긴 할까요…?
여인1	거기 가 있으면 다 내 새끼고, 서방이고 그렇지.
여인3	편지 한 통이라도 받았으면 좋겠는데.

여인2　　　무소식이 희소식이라잖아.

동굴 안으로 금조가 들어온다.
금조의 주위를 꼬리 하나가 휘감는 게 보인다.
세 여자는 금조를 보고 기겁을 하며 놀란다.

금조　　　(달래듯) 쉬이… 나가 있어.

금조를 휘감던 꼬리가 스윽 나간다.

여인2　　　거기… 사람이야?

금조가 머리에 뒤집어쓴 누더기를 내린다.

금조　　　죄송해요. 사람이 있는 줄 모르고…
여인2　　　그… 방금 그건… 뭐래요…?
여인1　　　엄청 크던데…
금조　　　개예요. 걱정 마세요. 얌전한 아이라서.

금조는 주먹밥 냄새를 쫓아 코를 킁킁대며 냄새를 맡는다.
그러고는 침을 꼴깍 삼킨다.

여인3　　　오세요.
여인2　　　(여인3의 옆구리를 콕 찌르며) 저게 누군 줄 알고 들
　　　　　　이는 거야?
여인3　　　다 같은 처지겠죠 뭐.
여인2　　　그놈들 끄나풀일 수도 있잖아.

여인1,2,3이 군침을 흘리며 서 있는 금조를 바라본다.

여인3   끄나풀은 무슨…

여인2   이런 전쟁통에 여자 혼자 산속을 헤매는 게 정상이
야?

여인3   전쟁통이니까 그럴 수도 있죠. 그리고 혼자 아니고
개가 있다잖아요.

여인2   내 말이. 그리고 그게 어딜 봐서 개야?

여인3   그럼 배고픈 사람 앞에 두고 문전박대를 해야겠어
요?

여인2   우리가 여기까지 기어 들어온 목적을 잊지 말라고.
주먹밥 하나가 모자라면 병사 하나가 굶어 죽는 거
야.

여인3   형님도 참…

여인2   (여인1에게) 형님은 왜 가만있어요?

여인1   생각 중이야.

여인2   아고 답답해.

여인1   (금조에게) 좀 있으면 해 지는데. 갈 데는 있어요? 산
속이라 밤 되면 아무것도 안 보이거든요.

금조   아뇨…

여인1이 주먹밥 하나를 내민다.

여인1   얼른 와서 먹어요.

금조   (다가가며) 고맙습니다.

금조는 주먹밥을 받아 한쪽에 자리를 잡고 앉는다.

여인1, 2, 3은 금조의 눈치를 약간 살피며 조용히 주먹밥을 싼다.

여인2　　(못마땅하다) 못살아. 인심도 좋지.

여인1　　싸기나 해.

여인2　　이렇게 세상 험한 줄 몰라서야, 나 없으면 어디 목숨이나 부지할까 몰라.

여인1　　물정 밝아서 좋겠다, 이년아.

금조　　근데 왜 이런 곳에서 주먹밥을…

여인2　　이런 데서 해야 남아나요. 죄다 걸신이 들렸으니까요.

여인2의 말에, 주먹밥을 넘기던 금조가 헛기침을 한다.

여인2　　아니… 그쪽이 걸신이라는 게 아니라…

여인1　　걸신 맞지. 그게 어때서.

여인2　　형님.

여인1　　죄다 입에 풀칠도 못 하는 판국에 걸신이 뭐 죄야?

금조　　죄송해요.

여인1　　당당하게 먹어요. 당당하게. 다 얻어 입고, 얻어먹고, 얻어 자고 그러는 거니까.

금조　　사례는 꼭… 하겠습니다.

여인2　　그럼 뭐… 와서 같이 싸든지…

금조　　그럴게요.

다시 사이.

여인2	근데, 아까 그거 참말 개가 아닌데…
여인1	그러게.
금조	개 맞아요.
여인2	덩치만 큰 게 아니라 털 색깔하며, 주둥이 생김새하며, 꼬랑지도 아닌 것이… 다른 사람들도 다 개는 아니라고 하지 않아요?
금조	아뇨. 개털 날린다고… 싫어하는 분들도 계세요.
여인1	(주먹밥을 보며) 이거 개털이야?
여인2	(가까이 다가와 주먹밥을 보며) 형님 머리카락이잖수.
여인1	허연색인데?
여인2	형님 흰머리.
여인1	(머리에 뒤집어쓴 머릿수건을 매만지며) 내가 무슨 흰머리가 있다고.
여인2	거울도 안 봐요? 대갈통이 허옇더구만.
여인1	이년이…
여인2	다 먹었으면 와서 좀 거들지.
금조	네.

금조가 여인들 사이에 끼어 앉아 주먹밥을 만들기 시작한다.

여인1	너무 크게 만들지 말고, 적당하게.
여인2	메추리알 만하게 만들지 말고, 좀 큼직하게.
여인1	적당하게.
여인2	큼직하게.
여인1	야 이년아!
여인2	근데 이 형님이 아까부터 자꾸 이년 저년 왜 이러

신대!?

금조 (미소) 적당히 크게 만들게요.

여인2 그렇지. 적당히 크게.

여인1 적당히 작게.

여인2 에휴. 그냥 잡히는 대로 만들어요. 크나 작으나 기별
도 안 가는 건 마찬가지니까.

금조 (옅은 웃음) 주먹밥은 뭐 하시려고요?

여인1 이거 죄다 전선으로 보낼 거예요.

서늘한 침묵.

네 여인이 주먹밥을 만드는 사이.

금조 언제부터 여기 계신 거예요?

여인1 전쟁 났다 소리 듣고 올라왔으니까… 거진 1년 돼
가나?

금조 동굴에만 있으면 답답하실 텐데.

여인3 처음도 아닌데요 뭐.

금조 네?

여인1 해방되기 전에도 종종 왔던 데라.

금조 여기가 세 분 피난천가 봐요.

여인1 예전엔 더 많았는데, 이제는 우리 셋만 남았네.

여인2 근데 다들 피난 갈 때 뭐 하고 혼자 그러고 다닌데요?

금조 여자아이를 찾고 있어요. 제 딸이요.

여인1 몇 살인데요?

금조 일곱 살이요.

여인1 아이고… 꼬맹이를 잃어버렸구만?

금조 네. 마을 돌다 보면 어딘가 있지 않을까 해서.

여인2	어디서 놓쳤길래.
금조	피난 떠나기 전에요. 아마 사람들이 막 떠나니까, 애가 쫓아갔나 봐요.
여인1	(한숨) 세상이 아무리 좁다지만, 또 막상 찾으려면 드럽게 넓어서. 너무 걱정 말아요. 아무리 꼬맹이라도, 사람 쉽게 어떻게 안 되니까.
여인3	얼마나 보고 싶을까.
여인2	(여인3을 가리키며) 애도 생때같은 자식 전쟁터로 보내고 이러고 있어요.

금조가 여인3을 바라본다.

여인3	15년밖에 안 산 것이 전쟁을 하겠다네요. 뜯어 말렸더니 도망가고 없더라고요. (묵묵히 주먹밥을 싸며) 지 엄마 손맛이라도 기억하면 이거 먹고 돌아올라나…
여인1	와. 온다니까.
여인3	아주 오기만 해 봐요. 다리몽둥이를 분지르고, 팔모가지를 비틀고, 다시는 집 떠난다 소리 못 하게… (짧은 사이) 안아 줘야죠.
여인1	그래. 그때까지 우리가 먼저 지치면 되겠어?
여인2	당연히 안 되지. 전쟁?(코웃음) 백 번이고 천 번이고 해 보라지. 그때마다 여기 들어와서 주먹밥 백 개고, 천 개고 싸다 바칠 테니까.
여인3	애도 꼭 찾을 거예요. 총칼이 날아드는 세상에도 마음씨 좋은 사람들이 얼마나 많다고요.
금조	네. 믿어요. 믿어야죠.

여인1　　　무슨 수다가 이렇게 길어. 날 샐 거야? 얼른들 싸자고.

동굴 가득, 여인 네 사람의 그림자가 어른거린다.
그리고 서서히, 동굴 안으로 더 많은 사람들의 그림자가 어른거리는 듯하다.

11장

수력발전소 사무실.
노구치가 깔끔한 옷차림에 안경을 쓰고 서류들을 바라보고
있다.
잠시 후, 모리타가 즐겁게 들어온다.

노구치   (계속 서류들을 바라보며) 모리타. 하루 종일 놀기
         만 할 거야?

모리타   (룰루랄라) 오늘 같은 날 일이 손에 잡힐 리가 없
         잖아.

노구치   오늘이 무슨 날인데?

모리타   뭐? 너 일본인 맞냐?

노구치   왜. 뭔데.

모리타   아무리 발전소 담장 안에 틀어박혀 산다고 해도
         이건 아니지. 기습공격이라고. 기습. 그것도 미국
         놈들이 우글거리는 진주만을 상대로 파바박. 히
         야. 그놈들 내빼는 걸 내 눈으로 봤어야 됐는데.
         (주위를 아쉽게 둘러보며) 수력발전소가 웬 말이
         야. 수력발전소가.

노구치	진주만은 진주만이고 발전소는 발전소야. 넌 네 일을 좀 해야지.
모리타	오늘만 봐줘.
노구치	그 오늘만이 몇 번째야?
모리타	다 셌어?
노구치	그래. 다 셌다. 넌 군인도 아니면서 무슨 전투 있을 때마다 쉬어? 도대체 그 작전은 일일이 어디서 주워 듣는 건지 몰라.
모리타	내가 좀 빠삭하잖냐.
노구치	누가 보면 수력발전소 책임자가 아니라, 군사 작전 참모나 되는 줄 알겠네.
모리타	내 꿈이었는데.
노구치	참모?
모리타	그래. 나는 안전모보다 철모가 어울리는데. 그치?
노구치	말이나 못 하면. 그래서 오늘은 뭐 하고 놀았는데.
모리타	오늘 아무르가 뭐 잡았는지 알아?
노구치	아무르한테 자꾸 사냥 가르치지 말라니까.
모리타	표범한테 어떻게 사냥을 안 가르쳐? 그건 사람한테 걷는 거 가르치지 말라는 거랑 똑같아.
노구치	약속했을 텐데. 발전소에서 키우려면 야생성은 최대한 억제하는 걸로.
모리타	에이. 사냥이라고 해 봤자 쥐콩만 한 애들인데, 그걸로 무슨 야생성이 큰다고. 그냥 놀이야, 놀이.
노구치	그래서 뭘 잡았는데?
모리타	들개.
노구치	들개?
모리타	정확히는 들개 무리.

노구치	이 근처에 들개 무리가 있어?
모리타	뭐, 돌고 돌다 왔겠지. 아무튼, 그게 우리 아무르한 테 겁도 없이 떼로 몰려들더라니까? 막 이빨이 어? 으어, 어마무시했어.
노구치	개라며.
모리타	(한숨) 노구치. 홋카이도에선 말이야. 들개가 떼로 덤비면 불곰도 죽거든?
노구치	그건 홋카이도 들개고, 여긴 개마고원이야.
모리타	개마고원 들개가 홋카이도 들개보다 못하다는 거야?
노구치	모리타.
모리타	확실히 달라. 불곰도 때려잡는 들개를 얘는 눈 하 나 깜짝 안 하고 이리 휙, 저리 휙. 오늘 진짜 운수 대통이야. 멀리서 그거 쳐다보는데, 나 진짜 순간 여기가 개마고원이 아니라, 진주만인 줄 알았다니 까? 하. 아무르 이름을 진주만으로 바꿀까 봐. 그러 게 아무르 별로라니까, 굳이 우겨서. 아무르가 뭐 냐? 아무르가.
노구치	아무르 표범이니까 아무르지. 그렇게 진주만을 키 우고 싶으면, 진주만 표범을 데리고 오던가.
모리타	진주만에도 표범이 있겠지?
노구치	적당히 좀 하셔. 아무르는 안 다쳤어?
모리타	뭐 좀 물리긴 했는데, 가죽이 두꺼워서 그런가 큰 상처는 아니야.
노구치	여기에 계속 두고 싶으면, 알지?
모리타	뭘?
노구치	사냥.

모리타	놀이라니까.
노구치	그런 놀이는 됐거든? 정 그러면 야생으로 보내던가.
모리타	별 문제 없잖아.
노구치	사냥을 놀이랍시고 즐기는 게 이미 문제야.
모리타	아무르가 없었을 때도 난, 혼자, 사냥했어.
노구치	산탄총 들고 혼자 할 때랑, 표범을 달고 다닐 때랑 같아?
모리타	뭐가 문제인 거야?
노구치	발전소
모리타	에이. 눈에도 안 띄는데 뭐. 그리고 아무르가 공격성 없는 건 너도 알지?
노구치	그건 너나 나한테 그러는 거고. 직원들이 무서워하면 당연히 우린 배려해 줘야돼.
모리타	배려라.
노구치	그래. 얼마 전에 실종된 직원 두 명도. 혹시나 아무르가 한 게 아닌가 생각하는 사람들이 있더라고.
모리타	그래?
노구치	그냥 놔두면 심각한 문제가 될 거야. 어쨌든 직원들한테 두려움을 주면 안 돼. 너도 직원들이 먼저여야지, 아무르가 먼저면 안 되고.
모리타	물론 발전소가 먼저지. 그래서 조심하고 있는데? 그리고 적당한 사냥은 아무르한테도 필요해. 마당지키는 개처럼 하루 종일 목줄에 묶어서 키울 순 없잖아.
노구치	너무 컸어. 얼마 안 클 것처럼 보였는데, 역시 표범은 표범인가.

모리타	아무르는 너나 내 자식이야. 자식이 덩치가 얼마나 크든, 얼마나 사납든, 그런 걸로 내쫓는 부모는 없어.
노구치	나 아직 미혼인데. 자식 말고 동생 정도는 안 되냐.
모리타	자식. 그러니까, 좀 봐 줘. 발전소에 어쩌다 들어왔는지는 몰라도, 받아들인 이상 가족이야.
노구치	누가 당장 내쫓는대? 지켜보겠다는 거지. 네가 좀 더 발전소에 신경 쓰라고.
모리타	네, 네, 사장님. 일은 그만하고 한잔하시죠. 공습 성공을 즐기지 않으면, 일본인이 아니지. 가자.
노구치	근데 들개는 다 어떻게 처리했어?
모리타	무슨 처리?
노구치	여러 마리였다며.
모리타	아무르가 다 먹었는데?
노구치	(약간 끔찍한 듯) 그걸 그냥 놔뒀어?
모리타	뭘 먹었나 걱정은 되는 모양이네? 빨리 정리하고 나와.
노구치	먼저 가.

모리타가 밖으로 나간다.
노구치는 문서들을 꼼꼼히 정리한다.
발전소 사무실 안으로 꼬리의 그림자가 드리운다.

노구치	(명령조) 안 돼. 안으로는 들어오지 말랬잖아.

낮게, 그러면서도 애처롭게 그르렁거리는 소리가 깔린다.

노구치　　(옅은 미소) 밖에서 실컷 놀다 와 놓고 또 놀아 달라
고? 알았어. 오늘은… 좋은 날이니까.

노구치가 나간다.

12장

아무르 표범이 담벼락 위를 좌우로 왔다 갔다 하며, 다소 흥분하여.

표범　　노구치. 오늘 정말 대단했어. 처음 그 작은 들개를 마주쳤을 때, 꼭 나를 본 것 같았거든. 뭔가 익숙했어. 냄새, 떨림, 알 수 없는 뭐랄까… 허기. 내가 그놈 주변을 맴돌았더니, 다들 어디에 숨어 있었는지 사방에서 다가왔어. 어깨를 최대한 내리깔고, 천천히 나한테 다가왔어. 왜 진작 그 냄새를 못 맡았을까? 그러고 보면 난 이 담벼락을 넘을 때부터 냄새를 잘 못 맡아. 그때… 그래 그때 숲에서 났던 새카만 냄새. 그게 내 코를 없앤 거야. 대신 난 눈이 좋아졌지! 한 놈, 두 놈, 전부 헤아릴 수 있었어. 노구치도 알지? 내 발바닥은 진동만으로도 모든 걸 알 수 있다구. 눈만 좋은 게 아니라, 발바닥도 좋은 거라니까. 여덟. 여덟이야. 걔네들은 자기들만의 전술이 있었어. 정말 대단했다니까! 나를 에워싸고 원을 그리면서… 내 주변을 빙글… 빙글… 도는 거야. 서로 겹

처지고, 방향을 바꾸고… 내가 한 놈을 주시하면서
몸을 틀면, 어느새 다른 놈이 다른 방향에서 나한테
접근해. 난 재빨리 다리를 틀었지! 그리고 이렇게…
눈을 깜빡이지 않으려고 노력하면서… 온몸으로
사방의 여덟 놈들을 느껴. 그때였어! 내 왼쪽 뒷다
리 주변을 서성이던 놈이 내 왼쪽 엉덩이를 물어 버
린 거야! 아야! 그래서 나도 그놈의 뒷다리를 물어
줬지. 똑같이. 뒷다리를 물어서 내 엉덩이에서 떼어
냈더니, 그놈이 빠져나가려고 몸을 뒤틀었어. 난 더
세게 물었지. 아주 세게… 절대 놔주지 않았어. 그
놈의 뒷다리를 물고 이제 일곱 놈들을 느껴. 기운이
변한 게 느껴져. 거기엔… 공포가 스며들었어. 차가
운 흙 같은. 막 도약할 것처럼 팽팽하게 당겨진…
뒷다리들이 느껴졌어. 내가 그놈을 얼마나 세게 물
고 있었던지, 비명을 지르던 놈의 다리가 뚝 하고
끊어져 버렸어. 그래서 난 땅바닥에 처박힌 그놈의
얼굴을 꾹꾹 밟았어. 그랬더니 일곱 놈이 한꺼번에
달려들었어. (소리친다) 모리타! 모리타! 달려드는
놈들의 뒷목을 물어뜯었어. 아 따가워! 아파! 날 물
고 늘어지는 놈의 등줄기를 물어뜯었어. 뒷발과 앞
발을 능수능란하게 움직여야 하고, 가끔 헛것을 물
긴 했지만, 잡히는 대로 물어. 안 되겠다. 나는 한 놈
의 아래턱을 물고 가까운 나무로 잠깐 올라갔어. 일
단 힘을 비축하려면 배를 좀 채워야 할 것 같아. 단
단한 가지를 잡고 앉아서 아래턱을 물고 온 놈을 급
하게 먹었어. 너희도 기다려. 아직이야. 여기에 올
라오니까 모리타가 보여. 모리타는 자동차 안에 앉

아서 기분 좋게 웃고 있어. 모리타의 얼굴은 날 평
온하게 해… 하암… 이런 상황에 하품이라니… 어
쨌든 좋은 징조야. 나는 나무에서 다시 일어섰어.
그리고 아래를 내려다봤지. 이놈들. 기어오르려고
안달이 났어. 좋아… 어…? 뭔가 달라졌어. 뭔가…
이놈들이 아니라… 내가. 난 내가 뭐든지 해낼 것
같다는 기쁨이 차올랐어. 난 모든 성급함을 버리고,
천천히 직선으로 나무를 내려가. 이제 시작할 수 있
을 것 같아. 근데 뭘? 나도 몰라. 하지만 시작이 좋아.
전부 내 것 같았거든!

잠시 사이.

표범   나 잘했어? 다음엔 모리타와 단둘이 아니라, 노구치
도 나랑 같이 가 줬으면 좋겠어. 우리 셋이. 가족이
니까. 내가 사냥하는 모습을 꼭 보여 주고 싶어. 노
구치, 그럴 거지?

표범이 담장 아래로 폴짝 뛰어 내려간다.

13장

골짜기.
소년병1이 골짜기에 기대어 앉아 있다.
소년병1의 온몸엔 총에 맞은 흔적들이 붉게 드러나 있다.
소년병1은 간신히 숨을 내쉬는 중이다.
소년병1의 손에는 총도 없고, 완전군장도 없이, 소년병2의 군
모가 들려 있다.

소년병1   보여…?

소년병1은 친구의 군모를 쥐고 손을 높이 든다.
마치 소년병2에게 골짜기 아래를 보여 주고 싶은 듯.

소년병1   보이지…? 저 아래가 우리 집일걸… (계속 팔을 들
고 있다가) 아… 미안. 오래 못 보여 주겠다. (팔을 내
리며) 나 어깨가 너무 아파. 어깨가 아닌가… 그냥
온몸이 아파… 온몸이… 뜨거워…

소년병1은 군모를 자신의 두 다리 위에 올려 둔다.

소년병1   군번줄을 챙겨야 되는데… 우린 아직 못 받았잖아. 근데 이 철모가 어떻게 너라는 걸 알려 주지…? 내가 증인이니까… 상관없겠지…? 맞아. 믿어 줄 거야… 걱정하지 마. 너네 부모님은 꼭 너 대신 포상금 받을 거야. 내가 봤어… 너 진짜 잘 쐈어… 내가 봤어… 몇 명이나 맞혔더라… 네가 쏜 총에 맞고 골짜기 밑으로 막 떨어졌잖아. 감 떨어지는 것처럼… 후두둑… 후두둑… 내가 좀 부풀려서 말할게… 포상금도 많아지겠지…? 근데 혹시… 괜찮으면… 내가 쐈다고 해도 될까…? 대신 네 철모는 내가 반드시 전해 줄게. 그러니까… 우리 엄마도 포상금 받을 수 있게… (헛웃음) 내가 더 많이 쏜 걸로 하자.

소년병1에게서 헛웃음과 구역질이 터져 나온다.

소년병1   길을 잃어버렸어… 어디로 가고 있는 거지… 아무리 걸어도… 골짜기야… (운다) 집에 가고 싶어… 나 너무 무서워…

소년병1은 소년병2의 철모를 가슴에 꼭 끌어안는다.

소년병1   너무 무서워… (애써 소리친다) 아무도 없어요? 여기 아무도 없냐고요! 왜 아무도 없어요!

침묵.

소년병1   누가 우릴 데려다 주지… 누가… 골짜기 밑으로…

시발, 엄마.

철모를 끌어안은 소년병1의 두 팔이 툭 떨어진다.
소년병1의 고개도 하염없이 아래로 수그러든다.
골짜기 양쪽 끝에서 금조와 시인1이 다가온다.
금조와 시인1은 잠시 멈춰서 서로를 바라보다가,
이내 중앙에서 숨이 멎은 소년병1을 바라본다.
금조가 먼저 소년병에게 다가온다.

금조   이봐요. 정신 차려요.

금조는 소년병1이 쓴 철모를 살짝 벗긴다.
그러자 앳된 얼굴이 드러난다.
금조는 앳된 소년의 얼굴을 한참 동안 바라본다.

시인1   죽었습니까?
금조   그런 것 같네요.
시인1   아직 어른이 못 된 것 같은데. 안타깝네요.

금조는 소년병1이 쓰고 있던 철모와 그의 다리에 떨어진 다른
철모를 바라본다.
그리고 금조는 또 다른 누군가가 있는지 주변을 두리번거린다.

금조   근처에서 전투가 있었나 봐요. 다른 사람들이 더 있
             는 것 같은데. 혹시 그쪽에서 오는 길에 보셨어요?
시인1   아니요.
금조   제가 온 방향에서도 없었는데… 어디서 온 걸까

요… 아직 이렇게 어린데… 이걸 들고 온 걸 보면…
부상자가 있는 걸 알리려던 게 아닐까요?

시인1   빈 철모는 국군의 죽음을 얘기하죠.

시인1이 다가와 다른 철모 하나를 들고 안쪽을 확인한 뒤, 금조
에게 보여 준다.
금조는 인상을 쓰고 시선을 돌린다.

시인1   머리나 얼굴에 총을 맞았을 거예요.

금조   끔찍하네요.

시인1   죽음이 끔찍한 게 아니라, 총을 겨눈 적들의 마음이
끔찍한 거죠.

금조   아뇨. 저는 이 아이의 상처가 끔찍한데요.

금조는 소년병1을 바라본다.
그리고 옷소매로 소년병1의 얼굴에 묻은 땟국물을 닦아낸다.

금조   얼마나 먼 데서부터 여기까지 걸어왔을까요. 집으
로 가는 길이었을 텐데. 이렇게 쓰러져 버리면 안
되는데. 이러면 아무도 모르잖아요.

시인1   나라가 강해지면, 쓰러져 간 군인들을 다 찾아낼 수
있을 거예요. 그러려면 우리부터 강해져야죠. 군인
의 죽음을 안쓰러워해서도 안 되고, 슬퍼하기만 해
서도 안 돼요. 그런 건 전쟁에 무릎 꿇은 패배자들
이나 갖는 마음이에요. 당장 눈앞의 슬픔은 나중을
생각해서 이겨낼 수도 있잖아요.

금조   왜 그렇게까지 해야 하는지 모르겠네요.

시인1	과거로 돌아가지 않는 방법은 앞으로 나가는 일이 니까요. 이 군인의 죽음은 제게 많은 것들을 물어보게 해요. 깊은 산 어느 고지에서 있었던 전투인가. 고지는 지금 어느 부대가 장악했는가. 이 군인의 죽음을 아무도 알지 못한다면, 그 전투의 승패는 누가 알고 있겠는가. 그리고 왜 끝까지 싸우지 않았는가. 그래도 자랑스럽네요. 비겁하게 살아남으려는 사람들보다, 내 나라를 위해 용감히 싸웠을 테니까. 이 어린 소년이.
금조	두려웠을 거예요. 지독하게 무섭고, 도망치고 싶었을 거예요.
시인1	군인의 각오를 잘 모르시는 분이네요.
금조	네. 몰라요. 근데 그렇게 말하면 뭐가 달라지나요?
시인1	많은 게 달라지죠. 더 많은 국군이 골짜기로 향할 수 있게 되니까요.
금조	그 사람들도 전부 이렇게 죽어야겠죠.
시인1	어쩔 수 없는 일이에요. 그렇게 해서 나라가 보존될 수만 있다면야.
금조	이 아이를 낳고, 기른 부모는요?
시인1	국군의 주인은 오직 국갑니다.
금조	아니요! 돌아오길 기다리는 사람들이요! (짧은 사이) 전쟁이니까 어쩔 수 없다, 군인이니까 어쩔 수 없다, 사람 몇이 죽어 나가도 어쩔 수 없고, 수상한데 어쩔 수 없으니 죽이고, 집을 잃고, 돈을 잃고, 애를 잃어버려도 어쩔 수 없다… 그럼 도대체 어디까지 잃어버려야 되는 건데요…?

시인1이 철모를 다시 소년의 다리 위에 올려 둔다.

시인1   미안해요.

금조   이 아이를 봤어요. 기차역에서. 전쟁터로 가는 기차
         에 타고 있었는데…

시인1   아는 아이예요?

금조   아니요. 스쳐 지나간 사이요. 붙잡아야 한다고 생각
         했을 때 내가 뭔가 했다면 이렇게 되지 않았을 거예
         요. 스쳐 지나가는 아이를 누군가 붙잡아 주면 이렇
         게 되지 않을 거예요. 그렇죠?

금조는 아이의 몸을 더듬으며 무언가를 찾는다.

금조   찾아야 되는데. 한시라도 빨리 찾아야 되는데.

시인1   뭘 찾고 있어요?

금조   누군지, 어디서 왔는지, 알 만한 게 있을까요. 찾아
         야 돼요.

시인1은 금조가 아이의 몸을 뒤적거리는 것을 바라보며, 소년1
의 옆에 살포시 앉는다.

시인1   죽은 이를 위로하는 방법은 떠나기 전에 함께 있는
         거랍니다.

금조는 시인1을 바라본다.
시인1은 앳된 소년의 어깨에 자신의 머리를 기댄다.

시인1	이 작은 어깨가 아직 뜨겁네요. 아직 여기 있어요. 멀리 안 갔네요. 얼마나 서러웠을까… 얼마나 쓰라렸을까… 식지 않은 몸을 뒤적거리는 것보다 이게 나을 거예요.

금조는 말라붙은 피가 벌겋게 굳은 소년병의 손을 붙잡는다.

시인1	혹시 갈 데는 있어요?
금조	모르겠어요.
시인1	일할 곳이 필요하면 내가 도와줄 수도 있어요.
금조	저한테 일을요?
시인1	네. 자리가 있긴 한데… 혹시 영어 할 줄 알아요?
금조	아니요.
시인1	뭐, 그거야 클럽에서 차차 배우면 되긴 한데.
금조	클럽이요…?
시인1	나라를 위한 일을 하는 거죠.
금조	처음 보는데, 왜 저한테 그런 말씀을 해 주시는지 모르겠네요.
시인1	(잠시 뭔가 생각하다가) 난 정 많고 의협심 넘치는 사람이 역시 좋은가 봐요.

시인1이 천천히 일어난다.

시인1	그리고 여성들도 일을 해야죠. 지금 당장 따라나서는 게 어려우면 생각해 보고 알려 줘요. 경무대의 마리언 모를 찾는다고 하면 알 거예요.
금조	마리언 모…

시인1   난 내 나라를 위해서 뭔가 하고 싶은 사람이에요. 아까 전엔 내가 굉장히… 차가운 사람처럼 느껴졌겠지만, 난 뜨겁게 하고 싶어요. 너무 오래 지체했네요. 조심히… 무탈하길 바랍니다.

시인1이 가던 길을 떠난다.

금조   마리언 모…

금조는 다시 소년병을 바라본다.
그리고 그의 철모에 주먹밥 하나를 꺼내 담아 준다.

금조   마리언 모…?

금조는 그제야 주인 여자가 다시금 생각난 듯, 허탈하게 웃는다.

금조   사모님한테 안부 전해 주세요.

금조는 소년병의 옆으로 다가가 그의 어깨에 머리를 기댄다.

금조   어디 있니… 얼마나 멀리 있니…

14장

기차역.
주인 여자의 값비싼 옷을 걸치고, 보따리를 짊어진 가정부가
기차를 기다린다.
역무원이 깃발을 흔들며 다가온다.

역무원   돌아가세요. 여기 이제 기차역 아닙니다.

가정부는 어리둥절하게 주위를 두리번거리고는
주인 여자에게서 가져온 1등석 기차표를 보여 준다.

가정부   보여요? 1등석이라고요. 1등석. 기차표가 있는데,
             기차를 왜 못 타요?

역무원은 기차표와 가정부를 번갈아 바라본다.

역무원   이거 어디서 났어요?
가정부   왜요.
역무원   어디서 났는지나 말해요. 좋게 말할 때.

가정부	어디서 나기는… 내 돈 주고 샀는데…
역무원	그래요?
가정부	그래요.
역무원	어쩌나. 기차 여기 안 서는데. 이 길은 쭉 전쟁터로만 가는 철도라서.
가정부	그럼… 어디 다른 데로 가는 기차는 아예 안 와요?
역무원	안 와요.
가정부	아이고… 이를 어째… 내가 한발 늦었나 보네… 그럼 어디로 가야 기차를 탈 수 있는데요?
역무원	글쎄. 지금 다니는 기차가 있을라나.
가정부	1등석인데…

가정부는 허망하게 1등석 기차표를 바라본다.

역무원	남들 다 피난 갈 때 뭐하고 이제야 나왔어요?
가정부	먹고사느라 그랬지 뭐…
역무원	희한하네. 먹고살려면 진작에 움직였어야지.
가정부	사는 게 내 마음대로 됩디까. 어디 갈 데가 딱히 있는 것도 아니고.
역무원	그러면서 기차표는 비싼 돈 주고 사셨네.
가정부	기차도 안 서는데 역무원은 뭐 한다고 지키고 앉았어요?
역무원	나 없었으면 기차 설 때까지 그러고 기다렸을 거 아니요.
가정부	누가 기다리든가 말든가 무슨 상관이라고.
역무원	피난 갔다가 돌아오면.

잠시 사이.

가정부	돌아오면 뭐요.
역무원	돌아오면 여기 내 자리가 고대로 있을까. 여기서 뒈지나, 나중에 굶어 뒈지나 마찬가지니까.
가정부	(동병상련, 허허) 다음 생애는 그쪽이나 나나 만석꾼으로 태어납시다.
역무원	만석꾼?
가정부	그래야 전쟁이 터져도 이 빌어먹을 자리 지키느라 꼼짝도 못 하진 않을 거 아니에요.
역무원	다음 생이라고 뭐 나을 게 있을라나 모르겠네. 세상이 그대론데 만석꾼인들 다를까.
가정부	나 이것 좀 여기서 팔아도 돼요?
역무원	기차표를? 누가 그걸 산다고. 타지도 못하는데.
가정부	그러니까. 기차 못 탄다 소리 하지 마시라고. 내가 이거 여기서 팔면 좀 떼 드릴게.
역무원	사기를 치자고요?
가정부	나도 사기당한 거나 마찬가지잖아요.
역무원	여기 오는 피난민이 그거 살 형편이나 되려나… 사람도 잘 안 올 텐데. 근데 표가 한 장이네요?
가정부	나도 두 장이면 좋은데, 이거밖에 못 구해서.
역무원	혼잔가 보네.
가정부	어떻게든 팔고 갈 테니까, 아무 소리 마세요. 알았어요?
역무원	훔쳤구만.

짧은 침묵.

역무원	지금이야 써먹지도 못 하는 휴지조각이어도 그게
	웬만한 금덩어리보다 비쌌을 텐데. 증말로 당신이
	그걸 샀다고.
가정부	샀다고.
역무원	에라이. 믿을 걸 믿지.
가정부	(악다구니) 샀다고!

역무원은 건성으로 고개를 끄덕이며,
가정부의 옷차림, 들고 있는 보따리를 바라본다.

| 역무원 | 잘해 보셔. |

역무원이 깃발을 천천히 끌고 나간다.

| 역무원 | (멈춰서) 사기를 치려면 신발이나 사 신고 치던가. |

역무원이 사라진다.

역에 혼자 남은 가정부는 주인 여자에게서 훔쳐 입은 옷과 달리, 허름하기 짝이 없는 제 신발을 내려다본다. 신발에 뚫린 구멍 사이로 가정부의 발가락이 훤히 보인다. 가정부는 발가락을 꼼지락거리고는, 표를 살 사람이 어디 없는지 사방을 두리번거린다. 황량한 역. 모두 피난을 떠난 도시. 가정부는 괜스레 보따리를 꼭 끌어안아 본다. 그러다가 보따리 속에 숨겨둔 반지를 꺼내고 사위를 살핀다. 가정부는 조심스럽게 반지를 쥔 손을 내려다본다. 순간 푹 고꾸라져 숨이 넘어간 주인 여자가 반지를 되찾으러 쫓아올 것만 같은 생각이 뇌리를 파고든다. 가정부는 이제 제 것이 된 반지를 열 손가락에 끼워 맞는 손가락을 찾아본다. 꼭 맞는 손가락이 좀처럼 나타나 주지 않자, 가정부는 있는 힘껏 반지를 밀어 넣는다. 반지는 빠지지 않도록 살점을 파고 들어간다. 가정부는 제 손바닥을 황홀한 듯 펼쳐 본다. 먼 데서는 기차가 다가오고 있다. 가정부는 기차 소리에 들릴 듯 말 듯, 울음을 흘려 본다. 가정부가 반지와 지나간 시간과 멈춰 버린 시간과 다가올 시간에 정신을 빼앗긴 사이, 역무원이 다시 나타난다. 역무원은 깃발 대신 마치 들짐승을 포획하려는 사냥꾼처럼 장대로 거칠게 만든 올가미 하나와 칼 한 자루를 쥐고 서서히 다가온다. 가정부는 아무것도 모른다. 가정부는 언제나 아무것도 모르는 존재였다. 역무원은 정신이 팔린 가정부의 뒤로 다가가 기다란 올가미를 휘둘러 가정부의 모가지를 휙 낚아챈다. 일순간 가정부의 몸이 뒤뚱거리고, 목이 졸린 채 입만 뻥끗거리고 만다. 가정부는 지나가는 기차를 향해 양손을 허우적댄다. 가정부의 손가락에선 반지가 영문도 모른 채 지나치게 희번쩍거린다. 역무원은 온몸을 버둥거리며 올가미에서 빠져나가려는 가정부의 모가지를 더 세차게 조른다. 가정부의 등 뒤로 바짝 다가온 역무원은 이제 가정부의 목덜미에 칼을 가져다 대었다.

가정부　　(목이 졸린 채) 미친놈… 다… 보고 있잖아…
역무원　　뭐. 저거 탄 군인들?

역무원과 목이 졸린 가정부는 지나가는 기차 속 군인들을 멍하니 바라본다.

역무원　　무슨 상관이야. 돌아올 것도 아닌데.

가정부가 필사적으로 기차를 향해 손을 허우적댄다.

가정부   (소리치려 안간힘) 살려 주세요…! 사람 살려…!

역무원   (버둥거리는 가정부를 힘차게 끌고 가며) 자, 갑시
다, 버티지 말고. 그러다 목 부러질라.

가정부가 손을 흔들자, 가정부의 손에서 1등석 기차표가 힘없
이 떨어진다.

가정부   살려 주세요…

역무원은 올가미에 가정부를 낚은 채,
한 손에는 보따리를 품어 안고는 가정부를 끌고 사라진다.
기차는 쉬지 않고 전쟁터를 향하고 있었다.

15장

동굴 안.
주먹밥을 싸는 여인2와 여인3이 있다.

여인3   오늘은 늦으시네요.

여인2   형님은 이제 안 올 거래.

여인3   왜요?

여인2   너무 오랫동안, 지겹도록, 한심하잖아.

여인3   한심…하다고요…?

여인2   말이 그렇다는 거야. 주먹밥도 빚을 만큼 빚었고, 말이야 바른 말이지 형님만큼 많이 만든 사람도 없잖아.

여인3   정말로 안 오신대요?

여인2   조르고, 어르고 다 해 봤는데, 소용없어. 꿈쩍도 안 해.

여인3   제가 한번 얘기를 해 볼까요?

여인2   놔둬. 이제야 그 한을 다 풀었겠지.

여인3   그래도… 말도 없이…

여인2   그나저나 형님이 없으니까 내가 싼 주먹밥이 큰지

어쩐지 알 수가 없네.

여인3   적당하네요.

여인2   다행이네.

주먹밥을 싸는 사이.

여인2   계속 있을 거야?

여인3   그래야죠.

여인2   사람을 더 구할까? 손이 모자라잖아.

여인3   안 돼요. 우리가 여기 있는 거 알면 이거 다 뺏겨요.

여인2   그래도…

여인3   나는. 전쟁 끝날 때까지 여기서 안 나가요.

여인2   주먹밥이 네 아들 입으로 들어가는지도 모르겠다며.

여인3   누구 입이면 어때요.

잠시 사이.

여인2   너도 실은 그만하고 싶지.

여인3   아니요.

여인2   (짧은 사이) 그래. 얼른 싸자고.

사이.

여인2   형님 없으니까 심심하네. 어째 동굴도 더 어두운 것 같고… 밥알은 무거워진 것 같고…

여인3은 대꾸하지 않고 주먹밥을 만들 뿐이다.

여인2는 괜스레 여인3을 흘끔 보고는 말없이 일에 열중한다.

16장

노구치와 모리타의 수력발전소.

발전소 안에서는 유쾌한 파티가 한창이다.

발전소 벽 한쪽에 모리타가 즐겨 사용하는 사냥용 포획 올가미
와 밧줄이 걸려 있다.

정무총감, 모리타, 노구치가 술을 한 잔 들이켜고 있다.

발전소 안에는 흥겨운 음악이 낮게 깔리고,

이따금 침범하고 싶은 표범의 그림자가 어른거린다.

총감   축하해. 총독부에서도 따로 기별이 올 거야.

모리타   총감 어르신이 여기까지 와 주신 것만으로도 고맙
        습니다.

총감   당연히 와야지.

총감은 자신의 왼쪽 가슴팍에 매달린 솔개 모양의 금치훈장을
기분 좋게 두드린다.

총감   두 사람 덕분에 내가 이 솔개훈장을 받았는데.

모리타와 노구치는 뿌듯한 듯 서로를 흡족하게 바라본다.

총감   목표한 70만 키로와트가 이 개마고원에서 가당키 나 할까 싶었는데, 87만이라니. 정말 대단해. 모든 게 순조로워.

모리타   태평양 쪽 전쟁은 어떻게 되고 있습니까?

총감   흐음…

모리타   좀… 안 좋은 상황인 거예요? 중국 쪽도 계속 같은 상태인 것 같던데요.

노구치   모리타. 그런 얘기는 나중에.

총감   그래. 오늘은 상을 주러 왔으니까. 자, 그럼 원하는 걸 말해 봐. (잠시 사이) 괜찮아. 뭐든지 말해 보라고.

모리타   없어요, 저흰. 지금도 편의를 봐 주고 계시잖아요.

총감   (노구치를 보며) 정말 없나?

노구치   네.

총감   뭐… 불편한 거라던가… 금전적인 보상이라던 가… 하다못해 여흥을 즐길 수 있는 시설 하나도 요 구할 게 없다는 말인가?

노구치   지금도 충분히 누리고 있습니다.

총감   (약간 이해할 수 없다는 듯) 그래? 이해가 안 되네. 잡역부에 남자들밖에 없는 이 오지에서 필요한 게 없다니. 근데 어쩌지. 나는 요구할 게 있는데.

모리타   뭔데요?

총감   165만 키로와트.

모리타   네…? 그건 거의 두 배나 되는데요…?

총감   앞으로 2년.

노구치   87만까지 끌어올리는 데도 공장이 부족했습니다.

총감	것 봐. 나한테 요구할 게 있잖아. 공장 단지를 더 늘려야겠네.
모리타	공장 기수를 추가로 건설하는 데만도 시간이 필요한데, 165만까지 늘리려면 2년으로는…
총감	(옅은 미소) 그건 걱정 마. 필요한 인력은 총독부에 내가 요구할 테니까. 사람은 많아. 자, 그럼 서로 주고받은 거지?
노구치	마땅한 데가 있을까요?
총감	압록강이나 흥남은 더 뚫을 것도 없고, 싱가포르, 말레이 반도 쪽으로 조사 중이야.
모리타	가까운 남쪽을 놔두고 왜 그 먼 데를… 금강이나 한강도 발전소 짓기에 좋은데요.
총감	위로는 공업, 아래로는 농업. (노구치의 잔을 채워주며) 한 잔 받지.
노구치	네.

모리타는 잔을 받는 노구치를 슬쩍 바라본다.

총감	다들 노구치가 대단한 머리를 가졌다고 칭찬들이 파다해. 똑똑하고, 추진력도 좋고, 남자답고. 전시엔 그런 사람이 영웅이지. 안 그래?
노구치	별말씀을요. 저희한테 수리권을 허락해 주신 덕분이죠.

총감은 자신의 제복에서 솔개 모양의 훈장을 떼어낸다.
그러고는 노구치의 옷깃에 매달아 준다.
모리타는 총감에게서 노구치로 옮겨 가는 솔개를 빤히 바라본다.

노구치   곤란하실 겁니다.

총감   훈장 하나에 만족할 건가? 높은 데서 큰일을 하려면
    내 사람을 잘 다뤄야 되는 법이야. 이건 그 증표. (모
    리타를 보며) 모리타.

모리타   예…

총감   솔개가 하나뿐이라, 노구치한테 달아 둘게.

모리타   예… 그럼요.

총감   (다시 노구치에게) 지멘스 도쿄 사무소에 있었다고?

노구치   네. 컨설턴트, 엔지니어링, 마케팅을 좀 배우려고요.

총감   화학에도 조예가 깊다던데.

노구치   베를린에 잠깐 있는 동안 배웠습니다.

총감   베를린 좋지.

총감이 뒷짐을 지고 먼 곳을 응시한다.
노구치는 혼자 술을 들이켜는 모리타를 슬쩍 본다.

총감   여긴 정말로 경치가 좋네. 총독부 창문으로 보이는
    풍경이랑 비교도 안 되게 좋단 말이야.

모리타   저는 경성 한복판이 더 부러운데요?

총감   그런가? 아직 젊은 모양이네. 거긴 시끄럽고, 촌스
    러워. 아무리 개조를 해도 정화가 안 되는 땅이야.
    길바닥은 또 얼마나 더러운지. 여긴 모든 게 알맞게
    재배치됐어. 내가 처음 여기 왔을 때, 입이 떡 벌어
    지더군. 일본에서는 상상도 할 수 없을 만큼 넓고,
    높고. 근데 아쉬운 게 있다면 아무짝에도 쓸모가 없

다는 거였어. 철도를 깔아서 한몫 챙길 수도 없을 뿐더러, 고원을 벗어나면 산악지대니까 혹시나 게릴라 놈들이 설쳐대는 건 아닌가… 그래서 놈들이 숨을 만한 숲을 전부 밀어 버렸어. 캬… 그때가 아직도 생생하네. 얼마나 많은 짐승 새끼들이 이 숲에서 고함을 내질렀는지 몰라. 내 일생에 그때 처음으로 아… 난 반드시 지옥에 가겠구나… 그런 착각이 들더라니까. 근데 봐. 단 몇 년 만에 이 쓸모없는 땅에서 얼마나 많은 공공재가 생산되고 있는지. 물을 좀 더 빨리 채울 수 있는 방법은 없나? 산맥에 터널을 더 뚫어 버리거나, 고원 아래로 바위 터널을 파거나. 낙동강은 바위 터널 몇 개 뚫었더니 댐 안으로 물을 더 빨리 밀어 넣게 됐는데. 전력이 더 필요해.

노구치　여기는 더 이상 무립니다. 압록강 수원은 만주국 쪽으로 넘어가면 최대 일곱 개의 댐이 가능할 겁니다. 그리고 싱가포르나 말레이 반도를 조사 중이라면서요.

총감　시간이 없으니 그렇지. 공장을 더 많이 돌려야 한다고.

얼마간 무거워진 공기.
총감은 벽에 걸린 올가미로 다가간다.

총감　뭔가, 이건?

노구치　모리타가 사냥을 좋아해서요.

총감　오. 그래?

모리타	네.
총감	몰랐네. 만주국 관동군에서도 사병, 장병 할 거 없이 사냥을 즐긴다던데. 솔개도 잡아 봤나?
모리타	(노구치를 바라보며) 아니요.
총감	솔개를 보면 현기증이 난다더군.
모리타	왜요? 너무 높아서일까요?
총감	(고개를 저으며) 빛이 나서. 근데 아직도 이런 낡은 방식으로 사냥을 한단 말이야?
모리타	사격도 좋긴 한데, 전 고전적인 방식이 좋아서요.
총감	이런 올가미로는 기껏해야 토끼나 잡겠는데?
모리타	실은… 제 사냥 도구는 따로 있습니다.
총감	뭔데?

노구치가 모리타에게 얘기하지 말라는 듯 막는다.

총감	내가 모르는 게 있는 모양이네.
모리타	엄청난 게 있죠.
총감	뭐… 노구치가 사냥용 화약이라도 개발했나?
모리타	표범입니다.

잠시 사이.

총감	표범?
모리타	네.
총감	이 발전소 안에서 표범을 키웠다는 말인가?
모리타	보면 좋아하실 거예요.
총감	지금… 어디 있는데…?

모리타	발전소 뒷마당에 있을 겁니다.
총감	내 눈으로 직접 봐야겠네. 가지.
노구치	위험할지도 몰라요.
총감	어째서?
노구치	낯선 사람에 대한 경계심이 좀 있는 것 같아서요. 공격성이거나.
모리타	제가 옆에 있으면 절대 발톱을 세우지 않습니다.
노구치	꼭 보실 필요가 있을까 싶네요.
모리타	표범을 데리고 사냥하는 즐거움을 아신다면, 인생이 다시 보일 거예요.
총감	정말 살아 있는 표범이야?
모리타	(자신 있게) 맞습니다. (노구치의 가슴팍을 바라보며) 박제된 솔개하고는 비교가 안 되죠.
노구치	모리타.
총감	괜찮아. 가슴이 뜨거워지네. 이 정무총감을 못 알아보진 않겠지?
모리타	걱정 마세요. 주인인 제가 고개를 숙이면 알아서 모실 겁니다.
총감	호랑이는 봤어도 표범은 처음이야. 가 보자구.

총감이 먼저 나간다.
모리타가 의기양양하게 뒤따라 나가려 하자 노구치가 모리타의 팔을 붙잡는다.

노구치	어쩌려고.
모리타	뭘?
노구치	같이 사냥을 가자는 게 말이 돼?

모리타	문제 있어?
노구치	문제 생기면.
모리타	넌 가끔 보면 말이야. 가끔… 내가 하는 일은 다 문제가 된다고 생각하나 봐.
노구치	모리타. 그게 아니라.
모리타	그렇게 걱정되면 같이 가던가. 왜. 네 그 똑똑한 머리에 남자답지 못한 오점을 남길까 봐?

모리타는 총감이 채워 준 노구치의 술잔을 탁 털어 마시고는 나간다.
노구치는 총감이 놓아두고 간 올가미를 들어 유심히 바라본다.
그러나 한 손으로는 자신도 모르게 훈장을 매만지고 있었다.

17장

산속에서 늙은 말이 풀을 뜯고 있다. 아마도 군용 말인 모양으로, 말의 몸엔 갑옷이 입혀져 있고, 말의 양옆으로는 탄약이 가득 담긴 꾸러미가 묶여 있다. 이 말에 대해 조금 더 그려 보자면, 혈기왕성하던 시절 경주마였다가, 전쟁이 발발되고 군대에 의해 징발된 말로, 산을 누비며 전투 지역에 사람 대신 보급을 담당하도록 약간의 훈련 과정을 거치게 되었다. 그런데 이제는 더 이상 빠르게 달려 나갈 수도 없을 만큼 나이를 먹은 데다가, 하필이면 가득 실린 탄약이 이 늙은 말을 더욱 더 짓누르는 중이다. 말은 제 스스로 그 탄약 꾸러미를 벗어 던질 수도 없고, 평생 사람의 손에 길러졌으니, 제 마음대로 활로를 이탈하여 달려 나갈 수도 없는 형국이다.

그리고 지금, 지근거리에 말의 목덜미를 노리는 적수가 나타났으니, 금조의 들개다. 들개는 맹수 같은 눈빛으로 말을 빤히 바라보며, 조용히 사냥 준비를 하는 참이다. 낮은 보폭과 바짝 추켜올린 엉덩이. 어찌 보면 조금 엉거주춤한 꼴로 조금씩 말을 향해 전진하는 중이다. 그러나 귀를 기울이면, 들개가 걸음을 옮길 때마다 바스락거리는 낙엽 소리가 어찌나 크던지, 두터운 세월을 지나온 늙은 군마의 귀에 그 소리가 스치지 않을 리가 없었을 것이다. 그때, 늙은 말이 기다리기 지루하다는 듯 하품을 쩍 하는데…

말	하암… 틀렸어.
들개	(마치 혼잣말인 듯) 나한테 하는 소린가…
말	자세가 그렇게 엉망이어서야… 말은커녕 오소리 한 마리도 못 잡겠는데.
들개	나한테 하는 말이네.
말	도대체가 말이야. 언제 공격을 해 오려나 내가 여기서 한참을 기다려 주고 있는데 말이야. 어? 염병할 배도 안 고픈데 이놈의 풀때기를 얼마나 쥐뜯고 기다려야 되는 거야. 엉?
들개	어… 지금 막 하려던 참이잖아!
말	지금 마악? 나나 되니까 그 꼬락서니를 기다려 주는 거지, 그래서 넌 입에 풀칠이나 하고 사냐?

멋쩍어진 이 들개 녀석은 급기야 주저앉아 말도 아닌데 풀을 하나둘 뽑아댄다.

| 말 | 어딜 처자빠져 앉는 거야. 못 일어나냐? |

고분고분 일어난다.

| 말 | 앞발 들고. |

앞발 두 개를 엉거주춤하게 든다.

| 말 | 이게 돌대가린가… 그 팔꿈치를 딱 접어서, 손톱 세 |
| | 우고! |

팔꿈치를 접고 손가락을 마치 귀신같이 오므렸는데,
그 꼴이 으흐흐, 하고 나타나는 귀신같다.

| 말 | 좋아. 자, 이제 다리. 구부려. |

다리도 구부린다.

| 말 | 좋아. 엉덩이를 쭉 빼고. |

엉덩이를 쭉 뺀다.

| 말 | 옳지. 그럼 이제 천천히 걸어와. |

천천히 다가온다.

| 말 | 발소리를 죽여야지! |

살금살금 다가온다.

| 말 | 옳거니. |

이제야 들개 앞에 말은 제 모가지를 쭉 내민다.

| 말 | 물어! |

침묵.

말	얼렐레? 이게 목을 내줘도 못 무네… 물어!

침묵.

말	차렷.
들개	뭐 하자는 거야.
말	사냥하러 나온 거 아니야?
들개	맞는데.
말	내가 사냥감 아니야?
들개	맞는데.
말	근데 왜 이렇게 의욕이 없냐. 왜. 갑자기 이 늙은 말한테 미안하냐?
들개	그건 아니지만.
말	그런데.
들개	나 말고기 안 좋아해.

말이 머리를 긁적인다.

말	그거라면… 타당하지.
들개	근데, 그쪽은 뭐 하는 말이야? 이 옷은 뭐고, 이 주머니는 또 뭐래?
말	군마.
들개	군마?
말	그래. (갑자기 과장되게) 전쟁터를 누비며, 빠르기가 쏜살같고, 날아드는 총알을 모조리 피해 적군을

일망타진할!

들개	할.
말	탄약을 나르지.
들개	아. 그냥 짐꾼이네.
말	그거랑은 달라. 이건 아무나 못 하거든. 고도로 훈련된 체력과 지능, 거기에 신중함까지 있어야 군마라고 할 수 있단 말이지.
들개	근데 왜… 안 도망가? 그냥 사냥 당하려고 했어?
말	어.
들개	왜!?
말	흐음…
들개	왜냐니까.

말이 몇 걸음 서성이기 시작하는데,
가만히 보니 한쪽 다리를 몹시 절뚝인다.

말	봤지. 틀렸어.
들개	금방… 낫지 않을까?
말	(고개를 저으며) 아마 총알이 스쳐 간 것 같은데, 뭔가를 끊어 먹은 것 같아.
들개	아파?
말	아니.
들개	우와…
말	서글퍼.

잠시 고요한 사이.

말	그래도 이런 첩첩산중에서 혼자 죽나 했는데. (들개를 요리조리 바라보며) 넌 뭐 하는 놈이냐?
들개	아. 나랑 같이 가자. 너 치료해 줄 수 있어.
말	네가?
들개	아니. 금조가.
말	금…조?
들개	나랑 같이 다니는… 다니는… 주인?
말	근데 그건 어디다 두고 너 혼자 사냥을 나왔어?
들개	난 원래 혼자 사냥해.
말	픽이나.
들개	진짜로 오늘은 사냥에 성공하려고 했는데. 넌 주인 없어?
말	있어.
들개	누군데?
말	(먼 산을 응시하며) 로버트.[2]
들개	로… 보트?
말	로보트가 아니라, 로버트.
들개	희한한 이름이네. 뭐 하는 놈인데?
말	놈!?

말이 들개의 머리통을 쥐어박는다.

말	미국에서 온 군인이야.
들개	그럼 얼른 가 봐야지. 기다릴 텐데.
말	너무 멀어. 피도 너무 많이 흘려서, 얼마 못 가.

---

2   그렇다. 주인 여자에게 반지를 주고, 미국 가서 결혼하자고 꼬드긴 그 로버트와 동명이인이다.

들개가 눈시울이 붉어져 말의 다리를 바라본다.

말	넌 이름이 뭐야.
들개	없어.
말	주인이 있다면서 이름도 안 주냐? 콱 물어 버려.
들개	넌?
말	폴.
들개	폴? 그게 이름이야? 폴?
말	그래. 미국에 있는 자기 아들 이름이래.
들개	쳇. 아들 이름 붙여 주고 이런 위험한 일을 시킨다고? 순 거짓말쟁이.
말	불러 보고 싶었겠지.
들개	계속… 여기 있을 거야? 위험한데…
말	제발 다음엔 너보다 더 센 놈이 왔으면 좋겠다.
들개	정말로… 죽을 생각이야?
말	죽기 전에 내 소원이 뭔 줄 알아?
들개	뭔데.
말	달리기. 신명나게 달려 보기.

그때, 멀리서 휘슬 소리가 울려 퍼진다.
들개와 말은 동시에 휘슬 소리가 나는 방향을 바라본다.

말	로버트야. 내가 늦으니까… 로버트가 날 부르는 거야.

들개는 휘슬 소리가 무언가 어지러워진 듯, 귀를 막고 주저앉는다.

말	왜 그래?
들개	몰라. 저 소리… 머리가 터질 것 같아.
말	괜찮아. 그냥 부르는 소리야. 근데 너… 개냐?
들개	응.
말	(킁킁대며) 개 냄새가 아닌데. 희한한 놈이네.
들개	무슨 냄샌데?
말	내가 느낀 기척은… 분명… 센 놈이었는데 말이지.

갑자기 들개가 주위를 경계한다.

들개	누가 온다.
말	얼른 가 봐. 너야말로 기다리겠다.
들개	정말 안 갈 거야?
말	꼭 살아남아라.
들개	갈게, 폴.
말	잘 가라, 개.

들개가 사라진다.
말은 산속에 우두커니, 혼자 남는다.
멋지게 달리는 상상을 시작하면서.

18장

_____

금조가 마을 어귀를 지나간다.

금조　　　아무도 안 계세요…? 저기요…

금조는 빈집의 툇마루에 걸터앉는다.
그러고는 옆으로 천천히 눕는다.
금조가 누워 있는 잠시 사이.
부부가 조용히 들어온다.
두 사람은 자신의 집 툇마루에 누워 있는 금조를 보고 멈춰
선다.
남편이 금조에게 조심히 다가가려 하자, 아내가 남편을 붙잡
는다.
남편은 아내를 타이르고, 조심히 금조에게 다가간다.
아내는 주변에 누가 더 있는지 망을 본다.

남편　　　이봐요.

금조가 벌떡 일어난다.

남편	누구신데 남의 집에서…
금조	죄송해요. 아무도 없는 줄 알고…
남편	당장 꺼져요.
금조	네? 그게… 움직일 수가 없어요.
남편	꺼지라니까.
아내	여보.
남편	(아내에게 돌아서서) 거기 있어. (다시 금조에게) 재워 줄 생각 없으니까, 나가요.
금조	저… 배가 너무 고파요.
남편	뭐요?
금조	계속 굶어서…
남편	그래서 우리더러 어쩌라고.
금조	혹시 먹을 거라도 좀… 주시면 안 될까요.
남편	없어. 당장 나가.

금조는 할 수 없이 내려놓은 보따리를 다시 주워 든다.
아내가 천천히 다가온다.

아내	피난민이에요…?
남편	알아서 뭐 하게. 당장 나가라니까.
아내	(남편의 몸을 슬며시 막으며) 혼자예요?
금조	네.
아내	잠깐만 있어요.
남편	여보.
아내	배가 고프다잖아.
남편	그래서.
아내	조금 나눠 줄 거 있어. 잠깐만 있어.

아내가 부엌으로 들어간다.

금조   고맙습니다.

남편은 금조를 잔뜩 경계하며, 다시 밖을 살핀다.

금조   아무도 없어요.
남편   (밖을 살피며) 도둑놈 아니면 죄다 살인마야.
금조   죄송해요.
남편   됐으니까, 여기서 빨리 꺼지기나 해요.

아내가 생고구마 하나를 들고 나온다.

아내   이거라도 일단 먹어요. 나머지는 찌고 있으니까,
             조금 기다려야겠네.
금조   (받자마자 우걱우걱 먹으며) 고맙습니다.
남편   지금 그쪽이 먹고 있는 게 뭔 줄 알아?
금조   고구마요.
남편   그거 사람이야.

금조는 먹다 말고 고구마를 바라본다.

아내   무슨 그런 소릴 해.
남편   겨우 고구마 찾겠다고 산을 얼마나 후벼 팠는지
             알아? 이제 더 캐낼 것도 안 남았어. 사람 시체라도
             구해다 먹어야 될 판이라고.
아내   그렇다고 집에 찾아온 손님한테 그게 무슨 막말

이야?

남편　　손님은 무슨! 당신은 정신이 있는 거야?

아내　　내가 뭐.

남편　　집에 찾아오는 사람 겁도 없이 들일 거면 뭐 한다고 산에 올라가? 그냥 누가 오든가 말든가 내 집 지키고 살지?

아내　　완장을 차길 했어, 총을 겨누길 했어? 참 측은지심도 없지.

남편　　속 터져. 그렇게 당하고도 몰라.

금조가 남편에게 바짝 다가간다.
남편은 슬쩍 뒷걸음질을 친다.

남편　　뭐. 어쩌라고.

금조는 주머니에서 무언가를 꺼내 손바닥을 펼쳐 보인다.
손바닥에는 삼각뿔 모양의 자그마한 메밀 씨앗들이 있다.

금조　　메밀 씨앗이에요. 산에 뿌리세요.

금조의 손바닥에서 삼각뿔 메밀 씨앗이 남편의 손바닥으로 옮겨 간다.
금조는 우걱우걱 생고구마를 먹으며 다시 툇마루로 돌아가,
보따리 속에서 작은 주머니를 꺼내 아내에게 건넨다.
아내는 주머니를 받아 열어 본다.

아내　　이렇게 많이 주시면…

금조	전 아무리 심어도 못 키웠어요. (짧은 사이) 제대로 키우는 게 없네요.
아내	(기분이 좋은 듯 남편에게) 거봐. 아무것도 모르면서.
남편	이깟 메밀 심는다고 뭐…

아내는 툇마루를 벅벅 닦으며 청소를 시작하고,
남편도 마당을 쓸기 시작한다.
금조는 그런 두 사람을 쳐다본다.

금조	오랜만에 오셨나 봐요.
아내	내 집인데 오랜만은요 무슨.
금조	피난 갔다가 돌아오신 걸까요?
아내	아니요. 우린 안 갔어요. 낮엔 산에 숨어 있다가, 밤에 내려와서 잠만 자요. 이 동네 그런 사람 많아요.
금조	그래도 밤에 위험하잖아요.
아내	밤이 더 안전해요. 숨기도 편하니까. 그리고 우리 같은 사람들이 있어야 오다가다 배고픈 사람 뭐 하나라도 돕죠.
금조	복 받으실 거예요.
아내	말이라도 좋네. 근데 어디서 오는 거예요?
금조	계속 움직이는 중이라.
아내	이전 마을엔 사람들이 좀 있어요?
금조	이 근방엔 아무도 안 계시던데요.
아내	하기야… 그 난리가 있었으니까.
금조	난리요?
아내	사람들 떠난 이유야 뻔하죠 뭐.

금조   제가 있던 마을도 이렇게 조용하겠네요…

아내   그래도 시간 지나면 제집 찾아서 다들 돌아간다니
            까, 너무 걱정 말아요.

금조   전 돌아가도 제 집은 없어요. 얹혀살던 처지라.

아내   그럼 더 잘됐네.

금조   네?

아내   아마 나중 되면 빈집 수두룩할걸요? 적당한 데 들어
            가 살면 되지.

잠시 침묵.

아내   아이고. 오랜만에 수다를 떨었더니, 아무 말이나 막
            나오네요. 미안해요. 웃자고 할 농담은 아니었네요.

금조   아니에요.

남편이 툇마루 아래에 숨겨 둔 궤짝 하나를 꺼낸다.
궤짝 속에는 라디오가 들어 있다.
남편은 라디오를 꺼내 이리저리 주파수를 맞춰 본다.
라디오에서 낯선 언어가 흘러나온다.

라디오   Mr. President, Mr. Speaker, and Distinguished
            Members of the Congress: I stand on this rostrum
            with a sense of deep humility and great pride–
            humility in the wake of those great American
            architects of our history who have stood here
            before me; pride in the reflection that this forum
            of legislative debate represents human liberty in
            the purest form yet devised. Here are centered the
            hopes and aspirations and faith of the entire human

race. I do not stand here as advocate for any partisan cause, for the issues are fundamental and reach quite beyond the realm of partisan consideration. They must be resolved on the highest plane of national interest if our course is to prove sound and our future protected. I trust, therefore, that you will do me the justice of receiving that which I have to say as solely expressing the considered viewpoint of a fellow American.

[저는 깊은 겸허함과 큰 자부심을 가지고 이 연단에 섰습니다. 저보다 앞서 여기에 섰던 우리 역사를 만들어낸 위대한 미국인들을 떠올리는 겸허함과 이 입법 토론의 장이 인간의 자유를 가장 순수한 형태로 나타낸다는 자부심 말입니다. 여기에는 전 인류의 희망과 열망, 그리고 믿음이 모여 있습니다. 저는 어떤 당파적인 목적을 옹호하기 위해서 이 자리에 선 것이 아닙니다. 그 쟁점들은 근본적이며, 당파적인 사고의 영역 훨씬 저편에 있기 때문입니다. 우리의 길이 올바르다는 것을 입증하고 우리의 앞날이 보장받기 위해서는 국가 이익이라는 가장 높은 차원에서 해결되어야 합니다. 따라서 저는 제가 드리는 얘기가 단지 미국인의 한 사람으로서 신중한 견해에 불과함을 여러분들이 정당하게 받아 주실 것으로 믿습니다.]

라디오를 듣던 아내가 걸레질을 멈추고 남편에게 다가간다.

아내   뭐라는 거야?

남편	맥아더 장군이라는데.
아내	이게 어디서 나오는 거야?
남편	일본에서 나오는 거 같아.
아내	통 뭐라고 하시는지 알 수가 없네… 설마 졌다거나… 뭐 그런 말은 아니겠지?
남편	재수 없게.

라디오가 계속 흐르고, 부부는 라디오를 알아듣기 위해 집중한다.

아내	근데 이걸 누가 들으라고 내보내는 거래? 이 꼬부랑 말을 누가 알아듣는다고.
남편	꼭 뭐 내용을 알아야 되나. 이거 봐. 박수 치는 소리 들리지? 뭐가 됐든 좋은 일이겠지.

그때, 궤짝을 유심히 바라보던 금조가 천천히 일어나 다가온다.
금조는 궤짝 안에서 작은 신발 한 짝을 꺼낸다.
금조는 신발 속 냄새를 깊이 들이마신다.
남편은 금조가 들고 있는 신발을 거칠게 빼앗는다.

아내	여보!
남편	도둑년일 줄 알았어.
금조	그거 내 딸 거예요.
남편	미쳤네. 이 여자 완전 돌았어. 처음부터 이상했다니까. 당장 나가.
금조	그거… 내 딸 신발이에요.

아내	뭔가 잘못 알고 계신 걸 거예요. 딸이 누군지도 우린 몰라요.
남편	받아 주지 마. 당장 내보내야 돼.
아내	좀 있어 봐. 뭔 일이 있었나 보지.

금조는 갑자기 생생하게 떠오른 딸의 생각에 당혹스러운 듯, 왔다 갔다 서성인다.

아내	저기… 애기 엄마?
금조	내 딸 신발이 맞아요. 분명 내 딸 냄새가 맞는데.
아내	진정하고… 딸을 잃어버렸어요?
금조	(어딘가 아이 같다) 네. 요만한 여자애요. 혹시 본 적 없어요? 여기 들렀던 건 아니고요? 신발을 벗고 갔나 봐요.
남편	돌겠네. 끌어내기 전에 나가.
아내	아이고… 그랬구나… 얼마나 마음이 아팠을까… 근데 여긴 온 적이 없어요.
금조	1년도 넘었는데… 일곱 살짜리 여자애 혼자… 어떡하면 좋아요… 저 어떡하면 좋아요… 내가 멍청해서 애 하나 제대로 못 찾고… 시도 때도 없이 배나 고프고… 애는 밥을 먹는지, 잠을 자는지도 모르는데…
아내	저기… 숨 좀 돌려요.
금조	근데 아무도 모른대요. 아무도 못 봤대요. 아무도 안 데려갔대요. 아무도 안 찾아 준대요. 동네 벗어나면 길도 모르는 앤데. 더 빨리 뛰었어야 됐는데… 그 어린 걸 더 빨리 가서 내가 붙들었어야 됐는데…

아내는 금조에게 신발을 가져다준다.

아내   자다가도 생각나고, 먹다가도 생각나고, 다 내 탓 같고… 애기 엄마는 잘못한 거 하나도 없어요.

금조는 작은 신발을 받자마자, 다시 신발 속에 코를 박고 냄새를 맡는다.

금조   제 딸 냄새가 나요.
아내   그래요.
남편   그건 내 새끼 신발이야.

침묵.
금조와 아내, 남편은 그저 외로이 서 있다. 그 사이로 라디오에서는 맥아더의 연설문이 계속해서 흘러나온다. 그러나 이내 라디오의 음성이 기괴하게 뒤틀리고, 라디오 속에선 환상인지 기억인지, 총소리가 요란하게 들리며, 어린아이들의 목소리가 맥아더의 뒤틀린 소리와 섞여 퍼져 나온다.

아내   어지간히 쏴대는데… 그 총질에 자식을 둘이나 보냈어요. 뒷산에 묻어 두고 우리끼리 떠날 수가 있나… 실컷 맡아요. 이런 흔적이라도 없으면 옳게 살 수나 있겠어요?

아내는 메밀 씨앗이 든 주머니를 꼭 품어 안는다.

아내　　　메밀꽃이 그렇게 희고 곱다던데. 땅에 뿌려 주면 좋
　　　　　　아하겠지요? 아이고, 고구마 다 익었겠네. 기다려요.

아내가 숨듯이 나가고, 남편은 그런 아내의 뒷모습을 가만히 바
라본다.

금조　　　죄송해요. 갑자기 뭐에 홀렸나 봐요.

금조는 신발을 궤짝 안에 도로 넣으려는데.

남편　　　가져가요.
금조　　　네…?
남편　　　그거라도 필요하면 가져가시라고.

금조는 궤짝에 놓인 신발을 가만히 바라본다.
남편은 그때까지도 계속 아내가 나간 곳만 바라본다.

금조　　　제가 가져가도 될까요. 유품인데.
남편　　　가져가죠. 그리고 그냥 죽었을 거라고 생각해요.
금조　　　안 죽었어요.
남편　　　그러시든가.

두 사람은 말없이 서로 다른 곳을 바라본다.

라디오　　I am closing my 52 years of military service. When
　　　　　　I joined the Army, even before the turn of the
　　　　　　century, it was the fulfillment of all of my boyish
　　　　　　hopes and dreams. The world has turned over many

times since I took the oath on the plain at West Point, and the hopes and dreams have long since vanished, but I still remember the refrain of one of the most popular barrack ballads of that day which proclaimed most proudly that "old soldiers never die; they just fade away."

Good Bye.

암전.

19장

담벼락 위.
아무르가 가만히 앉아 먼 곳의 노을을 바라본다.

표범   엄마. 난 새로운 가족이 생겼어. 우리랑은 하나도 안 닮았는데, 그래도 가족이 됐어. 수력발전소 안에서는 사냥하지 않아도 배가 고프지 않아. 잠자리는 분에 넘치게 편안하고, 예쁨도 듬뿍 받지. 근데 엄마처럼 날 핥아 주지는 않아. 사냥을 가르쳐 주긴 하는데, 엄마처럼 함께 달려 주지도 않아. 먹을 걸 주긴 하는데, 엄마처럼 같이 먹지도 않아. 그래도 행복해! 가끔 고원을 달리다가 엄마 생각이 나면 수력발전소로 다시 돌아갈까 말까 고민해. 엄마를 찾아 나설까 말까 고민해. 모리타와 사냥을 하다가, 언젠가 같은 사냥감을 두고 엄마랑 마주치는 날이 오진 않을까 생각해. 분명 엄마도 어디선가 사냥을 하고 있을 텐데 말이야. 왜 한 번도 마주치지 않는 걸까? 엄마- 여기야. 나 여기 있어.

20장

금조가 희미한 어둠 속에 혼자 서 있다.

아마도 그녀의 꿈속.

금조는 아이의 신발 한 짝을 들고, 계속해서 냄새를 맡는다.

금조와 얼마간 떨어진 담벼락 위에서는 깊은 잠에 빠진 들개가 보인다.

금조   어린애들의 신발을 몰래 훔쳐 가는 신발장수가 있었어. 그 신발장수한테 신발을 빼앗기면 안 좋은 일이 일어나거나, 종종 사라지기도 했지. 신발장수가 못된 요괴였던 거야. 어느 날 신발장수가 작고 낡은 신발 한 짝을 몰래 훔쳐 갔어. 그리고 신발 주인이 신발을 찾으러 올 때까지 기다리고 있었지. 근데 아무리 기다려도 신발을 찾으러 오는 아이가 없었던 거야. 신발장수는 숨어서 한참을 기다리다가 왜 아이가 안 오나… 직접 아이를 찾으러 집 안으로 들어갔는데, 아이가 보이지 않았어. 신발장수는 발을 동동 구르면서 아이를 찾기 위해 마을을 뒤지고 다녔어. 근데 어디에도 아이는 보이지 않았어. 결국 신발장수는 다른 집 아이의 신발을 또 훔쳤지. 그래서 어떻게 됐을까? 또 신발을 찾으러 오지 않았어. 다른 집 신발을 또 훔치고, 또 훔치고. 그런데도 아무도 찾으러 오지 않았어. 신발장수한테는 찾아가지 않은 신발이 한가득 쌓여 갔지. 뭔가 이상하다⋯ 이제 남은 곳은 딱 한 집밖에 없었단다.

들개가 잠에서 깬다.
그러고는 뭔가 기척을 느낀 듯, 주변의 냄새를 맡는다.

금조   신발장수는 한 번만 더 신발을 훔쳐 보기로 했어. 이번엔⋯ 분명 신발을 찾으러 올 거야. 그럼 실컷 괴롭혀 줘야지⋯ 신발장수는 그렇게 믿었단다. 마지막 아이는 나타났을까?

들개   나 잠깐만 갔다 올게!

들개가 담벼락 뒤로 사라진다.

금조   (신발을 꼭 끌어안으며) 걱정 마. 너는 엄마가 지켜 줄 테니까.

금조는 다시 자그마한 신발의 냄새를 맡기 시작한다.
깊이 들이마시고 마치 냄새가 사라지기라도 하는 듯, 아이의 냄새를 끌어모은다.
담벼락 뒤로 사라진 들개는 멀리 달려가고 있었다.

1부 막

한 소녀가 무언가에 쫓기듯 도망쳐 온다.

소녀의 옷은 찢겨 있으며, 신발도 신지 못한 채 도망 중이었다.

한쪽에서 몰이꾼1이 소녀의 길을 막는다.

소녀는 반대쪽으로 도망가려 하지만, 몰이꾼2가 또다시 길을 막는다.

소녀는 궁지에 몰리고 만다.

몰이꾼2는 소녀의 신발을 거머쥐고 있다.

몰이꾼1　　그만 좀 뛰어. 힘들어 죽겠네.

소녀　　　살려 주세요.

몰이꾼1　　(멀리 떨어진 몰이꾼2에게) 어이- 살려 달라는데?

몰이꾼2　　살려 줘야지.

소녀　　　저 안 가요. 저 안 갈래요. 집에 보내 주세요.

몰이꾼1과 몰이꾼2가 소녀를 향해 천천히 다가온다.

몰이꾼1　　(다가오며) 집? 무슨 집.

소녀　　　우리 집이요.

몰이꾼2	그러니까. 너네 집이 어딘데.
소녀	제발⋯ 아무한테도 얘기 안 할게요. 정말이에요.
몰이꾼1	우리는 입이 근질근질한데⋯
몰이꾼2	가.
소녀	네⋯?
몰이꾼2	가 보라고.

몰이꾼2가 길을 터 준다.
소녀가 눈치를 살피며 슬금슬금 빠져나가려 한다.

몰이꾼2	동네방네 소문나도 괜찮지?

소녀가 멈춘다.

몰이꾼2	이놈 저놈 쫓아다니면서 네가⋯ 물불 안 가리고 몸을 팔았다고.
소녀	제가⋯ 제가 언제 그랬어요⋯
몰이꾼1	자. 깔끔하게 정리해 줄게. 네가 할 수 있는 선택은 딱 두 가지야. 첫째. 이 길로 집으로 간다. 그리고 결국엔 쫓겨나서 우리한테 온다. 둘째. 그럴 바엔 그냥 우리를 따라간다. 뭐로 할래?(짧은 사이) 별거 아니라니까. 그냥 피난민인 척하고 있다가 병력 배치, 화기. 그거만 적어서 넘기면 된다고.
소녀	싫다고⋯ 안 간다고!

침묵.

몰이꾼2 누구는 목숨까지 내주면서 나라를 지키는데⋯ 너
는 싫다⋯ 양심에 찔려야 되는 거 아니냐?

몰이꾼1 놔둬. 어차피 앤 글렀어. 이런 정신머리로 와 봐야
도움도 안 될 거고. 다른 집으로 가 보자. 쓸 만한 토
끼가 있겠지.

몰이꾼1이 사라진다.
몰이꾼2가 들고 있던 소녀의 신발을 소녀에게 던진다.
신발이 나뒹군다.

몰이꾼2 가.

몰이꾼2가 나가려다 다시 돌아선다.

몰이꾼2 어떤 여자들은 말이야. 힘이 없어도 뭐라도 해 보겠
다고 자원해서 오더라. 잘 들어. 언젠가 가족 다 죽
고 그때서야 원수 갚겠다고 설치면 늦어. 진짜로.

몰이꾼2가 사라진다.

소녀 (악에 받쳐 외친다) 거기가 어딘데요!

몰이꾼2 (소리) 25사단! 8240부대!

침묵.
소녀는 천천히, 나뒹구는 신발을 주워 든다.
그리고 자기 집이 있는 먼 곳을 바라본다.
소녀는 집을 향해 신발을 가지런히 놓아둔다..

그러고는 사라진 몰이꾼을 쫓아간다.

22장

수력발전소 담벼락 아래로 금조가 나타난다.
금조는 수력발전소 주위를 어슬렁거리며 발전소를 이리저리
둘러본다.

금조   (작은 소리로) 너 여기 있어? 여기로 들어가는 거 내
                 가 봤어. 얼른 나와. (사이) 빨리 나와.

그때, 담벼락 위로 래빗1과 래빗2의 얼굴이 쏙 올라온다.
래빗들은 여군이다.

래빗1   뭡니까?
금조   아. 안녕하세요.
래빗2   누구신데.
금조   저… 혹시… 들개 한 마리 보셨어요?
래빗1   (래빗2에게) 봤어?
래빗2   모르겠는데.
래빗1   모르겠다는데.
금조   거기로 들어간 것 같은데.

래빗1	못 봤는데. 들개?
금조	네. 좀 크고, 점박이예요.
래빗2	(어디론가 소리친다) 개새끼 봤어!? 점박이!

잠시 사이.

래빗2	봤다는데.
금조	거기 있어요?!

담벼락 위로 래빗3의 머리가 쏙 올라온다.

래빗3	여기 있는데. 뭐야, 당신?
금조	개를 찾고 있어요. 그 개 주인이에요.
래빗3	주인 있는 놈이라고?
금조	네. 저예요.
래빗1	여기로 들어온 이상, 우리 거야.
금조	제 거예요.
래빗1	우리 거라니까.
금조	제가 주인인데요.
래빗2	죽고 싶어?
금조	근데 누구세요?

잠시 사이.
래빗들은 서로의 얼굴을 바라보며, 왁자지껄 웃는다.

래빗1	뭐야, 이 여자.
래빗2	꺼져.

금조	(소리친다) 이리 나와!
래빗3	안 가겠다는데? 지금 내 옆에 있거든.
금조	(다시 소리친다) 가자!
래빗3	싫대. 그럼 잘 가.

래빗1, 2, 3의 머리가 사라진다.

금조	잠깐만요!

래빗1이 다시 머리를 내민다.

래빗1	왜.
금조	거기 뭐 하는 데예요?
래빗1	알아서 뭐 하게.
금조	말해 주세요.
래빗1	여기 수력발전소야.
금조	수력발전소…

금조가 다시 주위를 두리번거린다.

금조	그 안에 다른 피난민도 있어요?
래빗1	여긴 피난민들이 있는 데가 아니야.
금조	제가 어린 여자애를 찾고 있는데.
래빗1	걔를 찾는다며. 여기 어린 여자는 없어.

래빗1이 사라진다.

금조	잠깐만요! 저 좀 들여보내 주세요!(잠시 기다렸다가) 누구 없어요!? 문 좀 열어 달라구요!

래빗2의 머리가 올라온다.

래빗2	거참 되게 시끄럽네. 여기가 어딘 줄 알고 소리를 질러대는 거야? 그리고 여긴 아무나 들어오는 데가 아니란 말이야.
금조	그럼 어떻게 해야 들어갈 수 있는데요?
래빗2	어떻게? 글쎄. 좌우지간 우리 마음대로 문을 열어 줄 순 없어.
금조	잠깐이라도 들어가게 해 주세요.
래빗2	잠깐은 더더욱 안 돼.
금조	들어가서 개만 데리고 나올게요.
래빗2	점박이가 안 간다고 했다니까.
금조	그럴 리가 없는데.
래빗2	(비웃음) 헝! 그러게 있을 때 잘해 주지 그랬어? 아무튼 진짜 돌아가는 게 좋을 거야.
금조	피난민이 있죠. 그렇죠.
래빗2	여기 수력발전소라니까. 수력발전소긴 한데, 수력발전소였어. 지금은 수력발전소가 아니라는 얘기지.
금조	그럼요?
래빗2	토끼굴.
금조	들어가게 해 줘요.
래빗2	이봐. 여기 군부대야.
금조	여기가요…?

래빗2	그래. 25사단 8240부대.
래빗1	(머리를 확 내밀며) 야! 그런 걸 알려 주면 어떡해!?
래빗2	깜짝이야! 그게 무슨 비밀이라고!
래빗1	너 지금 기밀 누설한 거야. 알아?
래빗2	몰라! 내가 뭘!
래빗1	넌 죽었다 이제.
래빗2	꼬아바치려고!?
래빗1	당연하지! 넌 왜 이렇게 매사에 조심성이 없는 거야!?
래빗2	매사?
래빗1	그래! 아까도 그래. 내가 그렇게 조심하라고 했는데 칠칠맞게 다니다가 죽 다 엎었잖아.
래빗2	내가 엎은 게 아니라, 죽 그릇이 그냥 넘어간 거라니까!
래빗1	가만있는 죽 그릇이 왜 넘어가!
래빗2	죽 그릇한테 물어보던가!

래빗2가 쏙 들어간다.

금조	제가 들어가려면 어떻게 해야 되는지 알려 주세요. 그때까지 여기서 기다릴 거예요.
래빗1	마음대로 해.

래빗1이 사라진다.
금조는 담벼락 아래에서 계속 기다린다.
잠시 후.
래빗3의 머리가 스멀스멀 나타난다.

래빗3	(스멀스멀) 왜… 들어오려는 건데?
금조	내 개가 거기 있잖아요.
래빗3	개를 돌려주면… 갈 거야?
금조	(짧은 사이) 아니요.
래빗3	어째서?
금조	모르겠어요.
래빗3	글 쓸 줄 알아?
금조	아니요.
래빗3	읽을 줄은?
금조	몰라요.
래빗3	그럼 잘하는 게 뭐야?
금조	(짧은 사이) 허드렛일이요.
래빗3	그건 나도 할 줄 알아.
금조	뭘 할 줄 알아야 되는데요?
래빗3	위장, 매복, 침투, 교란.
금조	난 종이었어요.
래빗3	그래서…?
금조	시켜만 주면 뭐든 할 수 있다구요.

잠시 침묵.

래빗3	들어와. 여자니까 들어오는 거야. 여긴 여군 부대거든. 남자였으면 넌 죽었어.

래빗3이 사라지고,
금조가 발전소 안으로 들어가기 위해 사라진다.
담벼락 위로 아무르가 올라와 앉는다.

23장

표범이 모리타와 노구치를 바라보고 있다.

노구치는 잔뜩 흥분하여 발전소 안을 종횡무진 서성이고 있고,
모리타는 눈으로 노구치를 좇는다.

노구치는 갈기갈기 찢긴 채 피범벅이 된 직원의 옷을 움켜쥐고
있다.

노구치　　당장 내보내야 돼.

모리타　　그냥 사고였어.

노구치　　사람을 공격했잖아!

모리타　　공격 아니고 사고. 몇 번을 말해?

노구치　　사고든 공격이든 필요 없어. 결과는 사람이 죽었다
　　　　　　는 거야. 숲으로 내보내. 여기서 더는 안 돼.

모리타　　타키자와가 아무르를 못살게 굴었어.

노구치가 멈춰서 모리타를 노려본다.
노구치는 모리타에게 다가가 들고 있던 옷을 내민다.

노구치　　이걸 보고도 그런 말이 나와?

모리타	(옷에서 시선을 피하며) 아무르는 잘못 없어.
노구치	(옷을 움켜쥐며) 타키자와는 스무 살이고, 야마가타에서 왔어. 어머니는 안 계시고 아버지는 농사를 하고, 돈을 벌고 싶어서 왔어. 나는 매달 타키자와 봉급 중 80퍼센트를 타키자와 마사노부 씨 앞으로 보내. 근데! 다음 달은 보내 드릴 돈이 없을뿐더러, 왜 돈을 보내지 않는지 얘기해야 돼.
모리타	정말이라고. 내가 몇 번이나 주의를 줬는데도 또 괴롭힌 모양이야. 지난번에는 아무르가 얌전히 자고 있는데 그 새끼가 돌을 던졌어. 돌! 봤어? 아무르가 몇 번이나 참았는지!?
노구치	모리타!
모리타	잠자는 사자의 코털을 건드린 거지. 말 못하는 짐승을 괴롭힌 대가야.
노구치	너 제정신이야? 타키자와 아버님한테 뭐라고 얘기할 거야? 댁의 아드님이 맹수를 괴롭히다가 물려 죽었다고?
모리타	사실이니까.

노구치는 망연자실하여 모리타를 바라본다.

| 모리타 | 흥분 좀 그만해. 발전소에서 이런저런 이유로 가끔 생기는 인명사고 같은 거야. 그냥 안전 사각지대가 있는 거고, 각별히 주의를 더 주면 돼. 아무르도 놀랐을 거야. 직원들이랑 마주치는 일 없도록 조심할게. 됐지? |
| 노구치 | 그래. 가끔 생기는 인명사고. |

모리타	그렇다니까.
노구치	그런 사고가 생기면 원인을 찾아서 제거해야 돼.
모리타	말이 안 통하네.
노구치	네 말대로 사람이 다치거나 죽는 일은 여기서 아무르가 아니더라도 얼마든지 일어날 수 있어. 근데 문제는 아무르야.
모리타	그래서?
노구치	표범이 사람을 공격했다고. 죽일 작정으로 물었단 말이야. 만약 내가 발견하지 않았으면 시체라도 찾을 수 있었을까?
모리타	뭐?
노구치	잡아먹으려는 거였으면. 어쩔 거야?
모리타	아무르가 사람을 왜 잡아먹어. 먹을 게 얼마나 많고, 하물며 배가 고플 때까지 놔두지도 않는데.
노구치	모리타. 사람이 죽었어.
모리타	그 새끼가 괴롭혔다고 했잖아! 귓구멍이 막혔어!? 타키자와가! 시비를 걸었다고!

침묵.

노구치	내보낼 거야.
모리타	절대 안 돼.
노구치	네가 사냥이나 데리고 다니니까 저렇게 된 거야.
모리타	저렇게 된 게 뭔데?
노구치	차라리 애완견처럼 길렀으면 모를까, 사냥을 재미삼아 하라고 네가 부추겼다고.
모리타	안에 있으면 갑갑하니까 데리고 나가서 산책이라

도 시키라고 부추긴 게 너야.

노구치 네가 사냥감 물어 죽일 때마다 칭찬을 해대니까, 아무 데서나 사냥을 하려는 건 아니고?

모리타 (짧은 사이) 타키자와를 내가 죽였다는 거야?

노구치 그래.

모리타 너 완전 돌았구나?

노구치 제정신이 아닌 건 너야. 표범 감싸겠다고 안에서 사람이 죽어 나가는데도 죽은 사람 탓을 하고 있잖아. 타키자와가 괴롭혔다고? 타키자와가 그럴 사람이 아니라는 건 여기 있는 모두가 알아. 너. 예전에 밖에서 안 돌아온 직원들. 설마 그 사람들도 아무르가 그런 거야? 사실대로 말해.

모리타 아니야.

노구치 난 이제 네 말을 못 믿겠어.

모리타 못 믿으면 어쩔 건데. 너 내 친구 맞냐? 어릴 때부터 평생을 같이 있었는데, 타키자와가 그럴 인간이 아니라는 건 알면서, 나는 못 믿겠다?

노구치 아무르가 온 날부터 뭔가 잘못됐어. 애초에 야생 표범을 들이는 게 아니었어. 네가 못 하면 내가 해. 담장 밖으로 내보낼 거야.

노구치가 벽에 걸린 사냥용 올가미를 들고 나가려 한다.
모리타가 거칠게 막는다.

모리타 뭐 하는 짓이야!

노구치 놔! 이대로 발전소에선 절대 못 둬.

모리타 그렇다고 어떻게 버려!

노구치	정 키우고 싶으면 밖에 집이라도 지어 주고 네가 돌보던지. 난 이제 안 되겠어.
모리타	너 지금 아무르가 그냥 우리 거라고 생각하는 거야? 너나 내가 주인이라고?

잠시 사이.

모리타	총감이 아무르한테 얼마나 빠졌는지 몰라? 며칠 뒤면 또 사냥하러 올 텐데, 뭐라고 하게? 네가 내다 버렸다고 할까?
노구치	사람을 물어 죽이는 표범이랑 사냥을 나가고 싶은 사람은 없어.
모리타	정말, 그렇게 생각해?

잠시 사이.
모리타는 노구치의 옷깃에 매달린 금치훈장을 잘 고정시켜 준다.

모리타	총감이 제일 좋아하는 사냥감이 뭐였을까?
노구치	뭔데…?
모리타	조선인.

노구치가 털썩 주저앉는다.

모리타	생각 잘 하고 움직여. 그 인간. 다른 건 몰라도 자기 사냥터 뺏기는 건 눈깔이 뒤집히는 인간이거든. 근데 아무르가 없어지면 어떻게 될까?

노구치	모리타…
모리타	그래, 친구야.
노구치	아무르한테 이러면 안 돼… 아무르한테… 그러면 안 된다고…
모리타	너야말로 나한테 이러면 안 되지. (한숨) 타키자와 일은 놀라게 해서 미안해. 덕분에 아무르한테 사냥 감 구분하는 훈련이 더 필요하다는 게 명확해졌네. 또 이런 일 안 생기게 내가 잘 할 테니까, 너는 160만인지, 70만인지 전력 땡겨 올 궁리나 하셔.
노구치	제발 부탁이야. 그만둬야 돼.

모리타는 주검이 된 타키자와의 옷을 주워 든다.

| 모리타 | 너는 너대로, 나는 나대로. 밥그릇 챙길 궁리는 각자 하자고. (부른다) 아무르! (올가미를 챙기며) 사람은 봐 가면서 물으랬잖아. 오늘부터 훈련 좀 받자. |

모리타가 나간다.

| 노구치 | 미쳤어… 완전… 돌았어… |

노구치는 총감이 매달아 준 훈장을 떼어낸다.

24장

고아들.

실제 모습이 아닌, 다소 과장되고 다소 연극적인 부분이다. 무겁고 음울한 고아들. 갈 곳을 잃어 아무 곳에서나 돌연 나타났다가도, 어느새 사라져 버리고 없는 고아들.

제 나이 또래의 친구들이 유일한 버팀목인 고아들. 한없이 약하지만, 모이면 집안을 무너뜨릴 만큼 거센 아이들. 고아들은 한목소리로, 똑같은 말을 하되, 중첩되고 어긋나기도 한다.

고아들 배고파… 너 지난번 그 집 기억나? 거긴 정말 최악이었어… 맞아. 나도. 꿈에 나올까 무서워. 너네 사람 죽는 거 실제로 본 적 있어? 있어. 몇 번? 셀 수도 없이 많이. 어땠는데? 어땠냐고…? 그건… 네가 말해 봐. 어땠어? 그건… 소가 싸 놓은 똥이 덕지덕지… 소가 싸 놓은 똥이 덕지덕지…? 그런 모양이었어. 그런 생김새. 그런 냄새. 소고기 먹어 봤어? 아니…고기 먹고 싶다… 고기… 고기… 저기 집 보여…? 빈집 아니야. 사람 있는데? 무슨 상관이야… 당장 배고프잖아. 그래도 빈집을 찾아보자. 없으면?

그래도 저기 갔다가 맞을지도 모르잖아. 무슨 상관이야? 우리도 때리면 되지! 우리가? 우리가… 어른을? 사람을? 때린다고? 말도 안 돼… 바보들. 소똥이라고 생각하면 되지. 어른들도 하는데, 우리라고 왜 안 돼? 안 되지… 엄마한테 혼나잖아. 너 엄마 있어? 아니… 그래도… 무슨 상관이야? 나중에 아니라고 하면 되지? 자… 맹세해. 지금부터 우리를 공격하는 건… 전부 소똥이야. 소똥… 절대 떨어지지 말자… 우리는… 우리끼리는… 절대로… 울지 마.

25장

지금은 25사단 8240부대가 된 수력발전소.
들개가 앉아 있는 담장 위로 조심스럽게 금조가 올라와 앉는다.

금조   여기엔 왜 온 거야? 말도 없이 떠나서 한참 찾았잖아.
들개   미안. 갑자기 이 근처에 오니까 나도 모르게 와 버렸어.
금조   아는 데야?

사이.

금조   아니면 설마… 여기서 우리 애 냄새가 났어?

들개는 고개를 젓는다.

금조   그럼 네가 아는 데구나.
들개   그런 것 같은데, 기억이 안 나.
금조   기억이 안 난다구? 그럼… 기억을 찾아볼까?
들개   어떻게!?

금조	곰곰이… 생각을 하는 거야.
들개	생각…? 기억이 안 나는데 뭘 생각해?
금조	왜 생각이 안 날까… 그걸 곰곰이 생각하는 거지.
들개	뭐?
금조	왜 기억이 안 나는지 생각하다 보면, 뭐 때문인지 알게 될 거고, 거기서부터 출발하면 되지 않을까?
들개	너나 실컷 출발해.
금조	아니야. 진짜라구. 너도 모르게 여기로 들어왔다면, 분명 여기에 뭔가가 있는 거야. 냄새는? 너 냄새 잘 맞잖아.
들개	지금은 화약 냄새밖에 안 나.
금조	그럼 풍경은?
들개	풍경…

금조와 들개는 담벼락에 앉은 채, 먼 곳을 바라본다.

금조	언제였는지는 몰라도 넌 여기 왔었나 봐. 이 담벼락에 아마 앉아 있었을 거야. 익숙한 자리처럼… 아, 혹시 네가 수력발전소를 지켰던 게 아닐까? 집을 지키는 것처럼?
들개	글쎄.
금조	여기가 수력발전소였대. 이런 데는 처음 와 봐. 지금은 있던 사람들이 다 떠나고, 군부대래. 여기서 일하던 사람도 너를 잃어버렸나 보다. 여기 계속 있고 싶어?
들개	너는?
금조	네가 원하면.

들개	잘 모르겠어. 근데 여긴 뭔가 기분이 이상해.
금조	그럼 갈까?
들개	어디로?
금조	글쎄. 피난민들이 있는 곳으로 가 봐야지.
들개	난 지쳤어. 너무 늦었다구. 어…?
금조	왜?
들개	폴…
금조	폴?
들개	이런 기분이었을까…
금조	무슨 말이야?
들개	있어. 숲에서 폴이라는 친구를 만났거든.
금조	친구? 같이 오지. 근데 어떤 기분인데?
들개	금조.
금조	응?

들개가 자신의 목을 쭉 뺀다.

들개	날 물어 봐.
금조	뭐?
들개	나를 사냥감이라고 생각하고 물어 봐.

금조는 목을 한껏 내민 들개를 바라보다가,
들개의 머리를 가만히 쓰다듬는다.

금조	사냥하느라 힘들었구나?

잠시 침묵.

금조	여기 며칠 있다 가자.
들개	우리가 있어도 된대?
금조	밥값을 하면 되겠지?
들개	그럼 난 뭘 해?
금조	넌 여길 지켜.
들개	저기. (짧은 사이) 그거 알아?
금조	뭘?
들개	너한테선… 항상 말이야… 맛있는 냄새가 나.

금조는 자신의 냄새를 맡는다.

들개	내 머릿속에서 그렇게 말하고 있어. 네가 내 사냥감
	이라고.

금조가 들개의 머리통을 쥐어박는다.

들개	아! 왜 때려!?
금조	오냐오냐 해 줬더니.

들개가 아픈 듯 자신의 머리를 쓰다듬는다.

금조	아팠어?
들개	아무르. 그게 내 이름이야.
금조	이름이 있었어?
들개	응.
금조	근데 왜 이제 알려 주는 거야?
들개	이제야 생각났으니까.

금조	내가 머리를 때려서 그런가!? 한 대 더 때려 볼까?
들개	싫어!
금조	주인이 있었구나… 기억나?
들개	아니. 그리고 주인 아니고, 가족이야.
금조	아무르는 좋겠네… 가족도 있고.
들개	너는? 너도… 내 가족이지?

금조는 들개를 가만히 바라본다.

금조	나는… 나는 너야.
들개	네가…? 왜?
금조	날 지켜 주고 있으니까.
들개	근데… 그게 왜 네가 나야…? 그런 말은 어려워. 어 렵다구…

래빗1	출발이 언제지?
래빗2	나흘 뒤. 여기서 꽤 먼 것 같던데.
래빗1	그건 알아봤어?
래빗2	(고개를 저으며) 아무도 못 봤대.
래빗1	어딜 간 거야…
래빗2	어딜 갔겠냐? 거기서 죽었겠지.
래빗1	벌써 몇 명째야 이게…
래빗2	우리 중에 몇 명이 못 돌아오든, 새로운 토끼로 빈 자리 채우겠지 뭐.
래빗1	난 네가 제일 걱정이다.
래빗2	왜?
래빗1	하도 덤벙대니까. 조심 좀 해.
래빗2	덤벙댄다고 죽냐? 재수가 없으니까 죽지.

래빗3과 금조가 들어온다.

래빗2	대장한테는 얘기했어?
래빗3	했어.

래빗1	들어오래?
래빗3	들어오래.

래빗1과 래빗2가 금조를 가만히 바라본다.
래빗1이 먼저 금조에게 손을 내민다.
금조는 얼떨결에 래빗1의 손을 잡는다.
래빗1, 2, 3의 연령은 모두 가지각색이며, 나이 차에도 서로 말을 높이지 않는다.

래빗1	토끼굴에 들어온 걸 환영해.
금조	반가워요.
래빗2	(손을 내밀며) 우리는 서로 존댓말 안 해.
금조	(손을 잡으며) 왜요?
래빗2	우린 평등하거든.

금조는 확연히 나이 차가 느껴지는 래빗1과 래빗2를 바라본다.
래빗1과 래빗2도 자신들의 나이 차가 느껴지는 듯 서로를 바라본다.
금조가 웃는다.

래빗1	왜 웃어!?
금조	아니에요.
래빗1	존댓말 하지 말라니까.
금조	아… 그러면… 그래.
래빗3	인사는 이 정도로 하고, 우리 엄청 바쁘거든.
금조	뭐 하는데?

래빗3이 금조에게 노트와 필기구 하나를 건네준다.

래빗3	이건 네 보급품.
금조	공책이랑, 연필?
래빗3	왜?
금조	총은?
래빗3	총?

래빗1, 2, 3이 자기들끼리 웃는다.
금조는 이들을 바라본다.

래빗2	우린 총 같은 거 안 쏴.
금조	여군 아니야?
래빗2	여군은 여군이지.
래빗1	우린 군번줄도 없고, 엄밀히 따지자면 군인은 아니야.
금조	그러면 뭔데…?
래빗2	야. 우리가 뭐냐?
래빗3	토끼.
래빗2	그렇지. 그럼 토끼가 하는 일은 뭐냐.
래빗1	식량 보급, 간호부터 후방 교란, 침투, 공작, 첩보.
금조	근데 공책이랑 연필은 뭐 하러…
래빗2	알게 될 거야. 만약 거기에 뭔가를 적어서 네가 무사히 돌아온다면, 어마어마한 포상이 있을걸.
래빗3	근데 아기 토끼가 안 보이네.
래빗1	말도 마. 제 발로 따라와 놓고는 보내 달라고 쌩 난리다, 난리.

금조	어린 여자는 없다며. 몇 살인데? 일곱 살 정도야? 어디 있어?
래빗3	일고옵? 열일곱은 됐겠다.
래빗2	애 찾아?

래빗1, 2, 3이 난처한 듯 서로의 눈치를 본다.

래빗2	저쪽으로 가 봐. 아기 토끼 저기 있어.
금조	열일곱이면 내 딸은 아니야.
래빗2	걔한테 네가 도움이 될 것 같은데.
래빗3	걘 엄마를 잃어버렸거든.
래빗1	걔 데리고 저기로 와. 간호 교육 시간이야.
금조	주먹밥 있어?
래빗3	따라와.
금조	저기, 근데⋯ 나⋯ 여기 며칠 있어도 될까?

래빗들, 서로를 바라보다가.

래빗2	너도 이제 래빗인데?
래빗3	(나가며) 빨리 와, 여기선 시간이 생명이라구.

27장

아내가 툇마루에 놓인 화분을 유심히 바라보고 있다. 남편은
라디오를 켜 보려 만지작거리지만, 라디오가 켜지지 않는다.
아내가 화분을 들고 남편에게 다가간다. 부부는 며칠간 굶은
듯 기운이 통 없다.

아내	여보. 이거 봐봐.
남편	싹이… 났네?
아내	정말로… 그 여자 말대로 며칠 만에 자랐어.
남편	자루. 씨앗 자루 어디다 뒀어.
아내	뭐 하게?
남편	얼른 가서 뿌려야지.
아내	안 돼. 너무 늦었어.
남편	하루 빨리 심으면 배도 하루 덜 고프겠지.
아내	그럼 같이 가. 밤에 위험해.

남편이 함께 나서려는 아내의 한쪽 팔을 타이르듯 붙잡는다.

남편	당신은. 이걸로 풀죽이라도 끓여 놔.

아내와 남편은 화분 속 작은 메밀 싹을 바라본다.

아내　　자라게 놔두지 않고?

남편　　싹이 나나 안 나나 그거 보려고 심은 거잖아. 확인
　　　　했으니까, 이제 먹어도 돼.

아내　　아까운데.

남편　　배 안 고파?

아내　　고프지. 그래도…

아내는 뭔가 아쉬운 듯 화분을 계속 바라본다.

남편　　얼른 자루 갖다줘.

아내가 메밀 씨앗이 든 주머니를 가지러 잠시 나간다.
남편은 혼자 작은 싹들을 바라본다.
잠시 사이.
아내가 씨앗 주머니 속을 확인하며 가지고 나온다.

아내　　한 번에 다 뿌릴 거야?

남편　　하는 김에 다 해야지.

아내　　좀 남겨 둬야 되지 않을까? 땅이 시원찮아서 잘 안
　　　　될 수도 있는데.

아내는 씨앗 주머니를 건네고는 라디오를 만져 본다.

아내　　고장 났어?

남편　　갑자기 안 되네.

아내	(옅은 미소) 이 고물, 오래도 갔네.
남편	그러게. 이렇게나 오래갈 줄 누가 알았어…

긴 사이.

남편	다시 오려나.
아내	다시 오면 메밀밭이나 보여 줬으면 좋겠네.
남편	그렇지. 하나도 못 키워냈다고 했으니까.
아내	보면 좋아할 거야.
남편	갔다 올게. 나 오기 전까지 나와 보지 말고.
아내	아까는 또 풀죽이라도 끓이라더니.
남편	그냥 놔둬.
아내	화분…?

아내는 화분 가장자리를 손바닥으로 깨끗이 닦아 본다.

아내	잘됐네. 적적했는데.
남편	갔다 올게.
아내	여보. (나가려던 남편이 돌아본다) 전쟁이 끝나면. 우리 애들 메밀밭 근처로 옮길까?
남편	(짧은 사이) 전쟁 끝나면.
아내	전쟁이 끝나면. 금조 씨가 산다는 동네에 가 볼까?
남편	전쟁 끝나면.
아내	전쟁 끝나면 우리. 다시 애 가질까?

잠시 침묵.

남편   끝나겠지. 다 괜찮아질 거야. 들어가 있어.

남편이 메밀 씨앗 주머니를 들고 나간다.
아내는 싹들에게 말을 걸듯, 화분 가까이 다가가 속삭인다.

아내   어른 되면… 더 넓은 땅으로 옮겨 줄게. 그때까지
              여기서 꼭 살아남아야 돼. 알았지?

조금 전에 나갔던 남편이 천천히 들어온다.

아내   거봐. 내일 가는 게…

침묵.

남편   가만히 있어.

남편을 향해 총을 겨눈 인민군이 따라 들어온다.

남편   여기가 우리 집인데… 보시다시피 아무것도 없습
              니다. 우린 아무것도 없어요. 그냥 피난 때를 놓친
              겁니다… 그러니까 목숨만… 살려 주십시오.

군인은 남편이 들고 있던 자루를 내려놓으라는 듯, 총구를 흔
들어 보인다.
남편은 천천히 메밀 씨앗 주머니를 내려놓고 양손을 머리 뒤쪽
으로 가져간다.

남편　　　그게 답니다…

군인은 말없이 계속해서 남편을 향해 총을 겨누고 있다.
부부의 울타리 안으로 또 다른 군인이 총을 겨누며 들어온다.

남편　　　제발… 살려 주십시오…

두 명의 군인 옆으로 또 다른 군인이 총을 겨누며 들어온다.
어느새 부부에게 겨눠진 총구는 세 개가 되었다.

아내　　　여보.
남편　　　어.

탕.
남편이 넘어간다.
탕.
아내가 넘어간다.
군인들은 부부의 집을 뒤지고,
망가진 라디오와 메밀 주머니를 챙겨 빠져나간다.
용케 살아남은 메밀 싹은 화분 속에서 조용히 숨을 내쉰다.

28장

기차역.
시인2가 기차를 기다리고 있다.
역무원이 깃발을 흔들며 다가온다.

역무원   여기 기차 안 섭니다.

시인2   이제 기차가 없습니까?

역무원   있기는 한데… 그러게. 요즘은 통 안 보이네. 그것들이 죄다 전쟁터로 가는데, 요즘은 안 가네요. 무슨 일이 있나…

시인2   그럼 다행이네요.

역무원이 시인2를 훑어본다.
시인2는 귀티가 제법 난다.

역무원   피난민이신가.

시인2   요즘은 다 그렇죠.

역무원   짐도 하나 없이? 도둑이라도 맞으셨수?

시인2   가진 게 없어서요.

역무원	에이. 옷이 이렇게 깔끔한데. 배운 양반이구만. 하는 일은?
시인2	시인입니다.
역무원	(허벅지를 탁 치며) 시! 시 좋지!
시인2	시가 좋으세요?
역무원	뭐… 철도원보다야 그게 낫겠지. 시인은 뭐 어떻게 되는 거요?
시인2	시를 쓰면 시인이 됩니다.
역무원	(시인2의 대답이 뭔가 마음에 안 드는 듯 슬쩍 콧방귀) 무슨 시를 썼는데요?
시인2	제대로 발표한 건 없어요.
역무원	쓴 게 없다고?
시인2	아뇨.
역무원	누굴 놀리나…
시인2	기차 없는 기차역에 계신 거랑 똑같습니다.

역무원, 이게 무슨 개 풀 뜯어 먹는 소린가… 곰곰이 생각해 본다.

역무원	그러면… 기차는 없고… 어쩌실 거요?
시인2	그러게요. 저 이제 어쩌죠?
역무원	젊은 사람이 뭘… 뭐든지 하면 되지.
시인2	(옅은 미소) 저도 이참에 여기 눌러앉을까요?
역무원	역무원? 이거 할 거 못 돼요. 하루 종일 지키고 앉아서 철도만 쳐다보는 게 얼마나 죽을 맛인데.
시인2	그건 저도 마찬가진데요? 떠오르는 것도 없는데 하루 종일 책상 앞에 앉아서 빈 종이만 쳐다보는

	게 얼마나 죽을 맛인데요.
역무원	그래도 여기는 안 돼요. 내가 있으니까.
시인2	아쉽네요.
역무원	시인이면… 배운 것도 많을 테니까, 더 좋은 일 하면 되지.
시인2	더 좋은 일이 뭐가 있을까요?
역무원	시. 시 있잖아요.
시인2	그건 이제 안 된다니까요.
역무원	나도 역무원 하는데, 빈 종이면 어때. 계속 시인 하면 되지.
시인2	그러네요.

역무원은 다시 한 번 시인2를 위아래로 훑어본다.

역무원	정말로, 짐도 하나 없고, 돈도 하나 없어요?
시인2	왜요?
역무원	내가… 그쪽한테만 얘기해 주는 건데… 역무원은 못 돼도, 여기서 놀다 갈 순 있는데.
시인2	그게 무슨 말씀이세요?
역무원	아니. 하도 심심해서 용돈벌이라도 해 볼라고 내가…

역무원이 시인2를 잡아당겨 무어라 귓속말을 한다.
역무원은 귓속말을 끝내고 은밀히, 그리고 더럽게 웃음을 흘린다.

역무원	싸게 해 줄게.

시인2   글쎄요.

역무원   나도 원래는 이런 놈이 아니었는데, 전쟁 나고 할
          일이 있나, 뭐가 있나. 심심풀이로 시작했는데, 다
          들 만족해했다니까. 진짜 생각 없어요? 에이, 이 판
          국에 혼자만 깨끗한 척할 필요 있나? 시인은 사람
          아니야? 괜찮아요, 괜찮아. 내가 어디 가서 그걸 떠
          벌릴 것도 아니고, 그쪽보다 더 잘난 사람들도 왔다
          가고 한다니까. 법? 전혀 걱정할 거 없어요. 요즘 같
          은 세상에 누가 법을 따진다고. 가 봅시다. 혹시 압
          니까? 빈 종이 채울 뭔가가 떠오를지?

시인2   아저씨.

역무원   응?

시인2   풀어 주는 게 좋을 거예요.

역무원   (기분이 상한 듯) 일없으면 그만 가쇼.

시인2   풀어 주셔야 돼요.

역무원   가시라고.

시인2   그리고 사과하셔야 돼요.

역무원   (구시렁) 시인 나부랭이가 어디서 훈계야, 훈계
          가… 캭 퉤. 빌어먹을. 지가 경찰이야 뭐야? 에이씨.
          오늘 완전 공쳤네.

역무원이 깃발을 흔들며 나가려 한다.

시인2   아저씨!

역무원   뭐! 뭐 이 새끼야! 안 그래도 장사 안 돼서 기분 개떡
          인데, 오늘 한판 해 보자고!? 어디서 세상물정도 모
          르는 이런 새끼가 굴러와서… 나한테 한 대 맞기 전

에 가쇼?

시인2가 역무원을 향해 성큼성큼 걸어간다. 그의 배포에 놀란 역무원은 뒷걸음질을 쳐 보지만, 이내 손아귀에서 깃발을 빼앗긴다. 시인은 장대를 휘둘러 역무원을 가차 없이 후려친다. 이 뜻밖의 폭행에 역무원은 속수무책으로 매질을 당한다. 시인은 말 한마디, 소리 한 번 내지 않고서 이를 꽉 문 채, 역무원의 온몸을 때리고, 또 때린다.

역무원   그만! 그만! 이 미친놈이 사람 잡네!

시인은 깃발을 멀리 던져 버린다. 그새 흠씬 두들겨 맞은 역무원이 엉금엉금 기어 빠져나가려 하지만, 시인은 기어가는 역무원의 다리를 붙잡아 다시 끌어다 놓는다. 역무원이 도망칠세라 시인은 한쪽 팔뚝으로 그의 목을 졸라 버린다. 역무원은 온몸을 버둥거리며 팔을 뿌리치려 해보지만, 시인은 꿈쩍도 않고 버틴다. 목을 단단히 조르는 시인의 모습은 시인답지 않은 능숙함이 엿보인다. 사지를 버둥거리던 역무원의 몸뚱어리가 서서히 힘이 빠진 듯 멈추어간다. 기차가 다가온다.

역무원   살려 줘… 살려 주세요… 사람 살려… 미친놈… 다 보고 있잖아…

긴 침묵.
시인은 역무원에게서 몸을 푼다.
역무원이 바닥에 고꾸라진다.

시인2   미안합니다. 미안합니다.

정체를 알 수 없는 여인들이 엉금엉금 기어 나온다.
그녀들 사이로 목에 올가미를 두른 가정부가 먼 데서 다가온다.

29장

휘슬 소리.
사냥 중인 총감과 모리타.

총감   그건 뭔가?

모리타   휘슬입니다. 피리 같은 건데.

총감   그걸로 표범을 조종하는 건가?

모리타   이걸 들으면 곧장 달려오도록 가르쳤어요.

총감   야생 범한테 그런 훈련이 된다고?

모리타   아무르는 뭔가 달라요. 사냥은 재미있으십니까?

총감   퍼펙트. 근데 말이야. 허가증을 받았나?

모리타   무슨… 허가증이요?

총감   안 받았단 말이야?

모리타   무슨 허가증을 말씀하시는 건데요?

총감   곤란하게 됐네. 사냥 허가증.

모리타   그런 게 있었습니까?

총감   일본인 맞나?

모리타   죄송합니다. 제가 전문 사냥꾼은 아니어서 몰랐어요.

총감	이런 데 박혀 있으니, 세상이 어떻게 돌아가는지 알 턱이 있나. 허가증이 없으면 범 사냥은 불법이야. 이거 참…
모리타	지금이라도 받으면 되죠. 걱정 마세요. 어르신 신경 안 쓰게 제가 확실히 해 둘게요.
총감	그것도 그건데…
모리타	또 문제가 있습니까?
총감	총독부에서 해수구제 사업으로 여기에 시찰을 나올 거야.
모리타	해수구제면… 호랑이나 표범 사냥이요?
총감	인명에 해를 끼치는 짐승 사살이 표면적 이유긴 한데, 그러면 저놈도 문제가 된다고.
모리타	아무르는 주인이 있는 놈이에요. 잘 아시면서…
총감	총독부에선 그렇게 생각 안 할 거야.
모리타	그러면…
총감	내가 얘기를 잘 해 보려고 해도 말이 총감이지 어디 내 뜻대로 되나. 숨길 데 없어? 나도 저놈을 잃고 싶진 않은데.
모리타	시찰 담당자가 누구예요?
총감	미야키 순사. 본 적 없을걸?
모리타	언제쯤 올까요.
총감	글쎄. 미리 알게 되면 귀띔이라도 줄게. 왜 미야키한테 환심이라도 사 보려고?
모리타	그건 천하의 모리타 방법이 아니죠.
총감	그럼. 숨길 만한 데가 있어? 발전소는 절대 안 돼.
모리타	어르신은 아무 걱정 마십시오. 그보다… 미야키라는 사람은 어떤 사람이에요?

총감	그냥 백정 같은 놈이야.
모리타	별로 아끼는 사람은 아닌가 보네요?
총감	모리타. 권력엔 두 가지 종류가 있지. 총독의 권력과 총감의 권력. 그놈은 어느 쪽일까?
모리타	(옅은 미소) 알겠습니다. 그럼 저한테 맡겨 두시고, 지금은 사냥을 즐기십시오.

총감이 먼 곳을 응시한다.

총감	왔다. 봐. 맞나?

모리타도 먼 곳을 응시한다.

모리타	네. 복장을 보니까 조선인인 것 같네요.

모리타가 휘슬을 분다.

총감	물어. 물어. 그렇지! 그렇지! 저거! 한 놈 도망가잖아!
모리타	걱정 마세요.

모리타는 알 수 없는 얼굴로 총감을 바라본다.

모리타	우리 아무르가 더 빠르거든요.

30장

___

응크리고 있는 소녀와 금조.
금조는 소녀에게 주먹밥 하나를 내민다.

금조   굶었지? 먹어.
소녀   안 먹어요.
금조   배고프면 져. 그러니까 먹어. (짧은 사이) 그럼 내가
            먹지 뭐.

금조가 막 주먹밥을 입에 가져가려 하자,
소녀가 움찔 움직인다.
금조는 다시 주먹밥을 내밀며 웃는다.

금조   내가 먹어 치우면 네가 후회하겠지? 자. 받아.

소녀가 주먹밥을 받아 천천히 먹는다.

금조   몇 살이야?
소녀   열일곱이요.

금조	여기선 존댓말을 안 한다던데.
소녀	저보다 훨씬 많아 보이는데요.
금조	무슨 상관이람. 난 여기가 마음에 들더라.
소녀	왜요?
금조	반말을 해도 되니까.
소녀	그게 왜 좋은데요?
금조	몰라. 그냥 속치마 하나를 벗은 것 같은 기분이야. 너도 해 봐.
소녀	싫어요.
금조	그래. 싫구나.
소녀	아줌마도 여기 사람이에요?
금조	담을 방금 넘어오긴 했는데, 나도 여기가 뭐 하는 덴지는 모르겠는데.

금조는 노트 하나와 연필을 꺼낸다.

금조	이걸로 뭘 하라는 걸까?
소녀	거기에 적는 거예요.
금조	뭘?
소녀	적에 대해서요. 무기는 뭘 쓰고, 숫자는 얼마나 되고, 어디에 모여 있고, 무슨 말을 나누는지요. 먹을 건 어디에 보관하고 있는지, 지뢰는 어디에 묻는지, 어디로 이동할 건지.
금조	그걸 내가 어떻게 알고?
소녀	그러니까. 그 중에 하나라도 알아내는 게 아줌마가 할 일이라고요.
금조	아… 여긴 그런 데구나.

소녀	할 거예요?
금조	글쎄. 어떻게 하는 건지 아직 안 배웠는데.
소녀	가르쳐 주는 거 없어요.
금조	나보다 더 많이 아는구나?
소녀	피난민인 척하고 적진에 뛰어드는 거래요.
금조	생각보다 쉬운데?
소녀	아줌마는 아무것도 몰라요.
금조	왜?
소녀	피난민인 척하고 있다가 다 죽거든요.
금조	그래. 그렇겠다. 근데 적군이 피난민을 다 죽인대?
소녀	몰라요. 적군이 죽이는지, 아니면 적군 죽이러 온 아군이 죽이는지. 아무튼 죽어요.
금조	무섭니?
소녀	아줌마는 안 무서워요?
금조	죽을지 안 죽을지 모르는 일이니까.
소녀	그 일 할 거예요?
금조	난 딸을 찾고 있어.

잠시 침묵.

소녀	나더러 어쩌라고요…?
금조	피난민이 있는 곳이면 어디든 갈 거야.
소녀	아줌마 딸은 좋겠네요.

금조는 주먹밥을 먹는 소녀를 가만히 바라본다.

| 금조 | 부모님 보고 싶겠구나. |

소녀	난 내 발로 여기 왔어요.
금조	후회하니?
소녀	(짧은 사이) 아니요.
금조	밥도 안 먹고 이러고 있을 거면서 왜 왔어? 뭐 하는 덴지 몰랐구나?
소녀	아줌마는… 아무것도 몰라…
금조	미안하네. 몰라서.
소녀	충고해도 돼요?
금조	네가 하고 싶다면.
소녀	여기 있을 바엔 딸 찾으러 가는 게 좋을걸요.
금조	좋은 충고구나.
소녀	진짜예요. 여기서 아줌마 딸 절대 못 찾아.
금조	넌 어떻게 할 거야? 너도 집으로 갈래?
소녀	아니요. 난 못 가요.
금조	그래…? 그럼 나도 있어야겠다.

소녀가 벌떡 일어난다.

소녀	아줌마가 뭔데! 뭔데 이러는데!?
금조	난 금조라고 해. 여기에 내가 데리고 온 개가 있는데, 보러 갈래?
소녀	개…?
금조	응.
소녀	귀여워요…?
금조	내 눈엔 그런데… 작진 않아.
소녀	얼마나 큰데요…?
금조	네가 보면 좋아할 거야.

소녀	안 물어요?
금조	응. 절대로 사람을 물지 않아.
소녀	걘 이름이 뭔데요?
금조	(짧은 사이) 아무르.
소녀	아무르?
금조	너는?
소녀	영선.
금조	예쁘다.

잠시 사이.

금조	며칠 뒤에 아줌마 밥값 하러 가는데.
소녀	밥값?
금조	응. 아줌마가 부탁해 볼 테니까, 너는 여기서 기다리면 어떨까?
소녀	안 돼요. 여기선 아무 일도 안 하면 쫓겨난단 말이에요. 그리고 벌써 몇 번이나 안 따라가서…이번엔 안 될 거예요.
금조	그럼… 내 옆에 꼭 붙어 있어.

31장

동굴 안.

여인3 혼자 남아 주먹밥을 싼다.

묵묵히 주먹밥을 싸던 여인3은 여인2와 여인1이 앉아 있던 자리를 바라본다.

여인3   형님들. 여기 나 혼자 남았네요. 동굴이 떠나가라 그렇게 시끄럽게 하더니… 갈 땐 왜 그렇게 아무 말들이 없으셨대… 하여간… 뭐든지 자기들 맘대로지… (짧은 사이) 괜찮아요. 상관없어. 나 혼자 다 할 수 있어. 양이 줄면 안 되는데. 더 빠르게 해야겠네. 형님들은 가요. 나 혼자 하죠 뭐.

주먹밥을 싸는 여인3의 손길이 빨라진다.

그때, 동굴 안으로 빛이 들어온다.

여인3은 환한 빛에 잠시 얼굴을 찡그린다.

동굴 안으로 곰 한 마리가 들어온다.

곰은 가만히 멈추어 여인3을 바라만 본다.

여인3은 옅게 웃다가 이내 어깨를 들썩이며 슬픔을 감추지 못

한다.

여인3   너… 이리 와. 엄마가 절대 안 된다고 했지. 얌전히 있으라고 했잖아. 왜 네 마음대로…

여인3은 말문이 막히는 듯 고개를 잠시 숙였다가, 곰을 향해 주먹밥 하나를 건넨다.

여인3   밥은 먹고 다녔어? 엄마가 싼 주먹밥 먹기는 했고? 받아.

곰은 가만히 서 있다.

여인3   먹으라니까.

여인3은 가만히 서 있는 곰을 대신해 주먹밥을 먹는다.

여인3   1년도 넘게 이 안에 틀어박혀서 밤이고 낮이고 주먹밥만 쌌어. 내가 왜 너 같은 걸 낳아서… 속 터져… 굶든지 말든지 신경을 딱 끊었어야 됐는데. (계속 먹으며) 나중에 자식 낳아 봐. 꼭 너처럼 말도 안 듣고, 고집 센 아들 낳아서 어디 살아 봐. 그래야 내 속을 알지. 그래. 말이나 해 봐. 몰래 짐 싸서 나가니까 살 만하든? 군인 노릇 해 보니까 재미는 있든? 기껏 글 쓰는 거 가르쳤더니 편지도 한 통 안 하고. 엄마 없어도 살 만했지? 잔소리하는 사람도 없고, 귀찮게 구는 사람도 없고. (갑자기 소리친다) 나가!

당장 여기서 나가! 너… 내 아들 아니야. 넌 내 새끼 아니야. 당장 여기서 나가. 말도 없이 가 놓고 누가 여기 들어오래. 갈 땐 네 마음대로였어도 올 땐 아니야. 나가… 백 개, 천 개… 밥풀 눌러 담으면서 내가 얼마나 빌었는데… 제발 너 하나는 살려 보내 달라고. 다른 사람들이 다 죽어도 성한 몸뚱어리로 너 하나는 지켜 달라고 내가 얼마나 빌었는데… 근데 그 꼴을 해서 여길 와? 뭘 잘했다고. 무슨 좋은 소리를 들으려고. (고개를 흔든다) 아니야. 넌 내 아들 아니야. 나가. 잘못 오셨어요. 그쪽은 여기 말고 다른 데로 가야 되는데. 잘못 왔네요. 난… 그쪽 엄마 아닙니다.

긴 사이.
곰이 돌아서서 나가려고 한다.

여인3   밥은 먹고 가.

곰이 멈춘다.

여인3   누군지는 모르겠지만, 밥은 먹고 가요.

여인3이 고통스럽게, 아프게 주먹밥 하나를 꾹꾹 눌러 만든다.
곰은 동굴 안에 자리를 잡고 가만히 앉는다.

32장

인천의 한 고아원.

미 공군 중령이 전화기를 들고 초조하게 수신을 기다린다.

이윽고.

중령   소령님 연결해 줘. (잠시 사이) 급하게 부탁드릴 일
이 있습니다. 인천에서 제주도로 가는 수송기를 좀
마련해 주십시오. 천 명이 탑승해야 합니다. 한국
공군이 준비해 준 수송선은 불가능합니다. 3000포
나 되는 시멘트랑 같이 태우기엔 너무 작아요. 제발
좀 수송기를 보내 주십시오. 천 명이나 되는 고아들
입니다. 이대로 두고 갈 수 없어요. (잠시 사이) 김포
공항으로요? (손목시계를 확인하고) 15시간밖에
없네요. 알겠습니다. 내일 오전 8시까지 김포공항
으로 어떻게든 가겠습니다. 감사합니다.

끊는다.

앳된 부관이 들어온다.

부관	어떻게 됐습니까?
중령	내일 오전 8시까지 김포공항으로 가야 돼.
부관	애들을 전부 데리고요?
중령	일본에서 김포공항으로 수송기가 오기로 했어.
부관	무립니다.
중령	(짧은 사이) 다른 대답을 했으면 좋겠는데.
부관	죄송합니다. 그래도 할 말은 해야겠네요. 인천에 배가 있다는 얘기만 듣고 차 한 대로 3일 밤낮을 실어 날랐습니다. 근데 다시 김포까지 그것도 몰래 가능할 리가 없습니다.
중령	관두자는 얘긴가?
부관	그런 말이 아니라… 내일 오전 8시. 그게 무리라는 뜻이었습니다. 운송수단도 없고, 있다고 해도 천 명이나 태운 차량이 안전하게 이동할 수 있을지도 미지수겠네요.
중령	차량이 해결되면?
부관	방금 말씀드렸는데요. 안전을 담보할 수 없다고요.
중령	그럼 이렇게 하면 되겠네. 나는 수단을 확보하고, 부관은 안전을 확보하고. 생각할 시간으로… (다시 손목시계를 확인하고) 10분 주지.

잠시 사이.

중령	다 했나?
부관	1분도 안 지났는데요?
중령	미 해군에서 트럭 징발해.
부관	그러려면 공군사령부의 공문이 필요합니다.

중령	긴박한. 허가받은 일이라고 해.
부관	문제가 될 텐데요. 밝혀지면 재판에 회부되실 겁니다.
중령	방금 말했잖아. 긴박한. 시간 없어. 내일 아침까지야.
부관	제주도에 도착한 다음엔요? 어떻게 먹이고, 어떻게 돌봐야 되는지 모르겠습니다.
중령	그건 차차 생각해 보자고. 나는 아이들을 좀 더 찾아볼 테니까, 수송기 도착하면 제주도까지 부탁해.
부관	애들을 더요!?
중령	고아들끼리 모여서 도둑질을 하거나, 민가를 침입한다는 보고 못 받았어?
부관	그건 들었지만, 저희 소관이 아닙니다.
중령	인명 보호가 우리 소관이고, 아이들이 최우선 대상이야.
부관	여긴 한국이에요.
중령	그래서?
부관	그 문제는 한국 정부에서 해결할 일이라고요.
중령	애들이 들개 떼처럼 변해서 마을을 휘젓고 다니게 두는 건 미국의 수치야.
부관	사적인 감정이 지나치게 개입된 건 아니시고요?
중령	내가 사적인 이유로 그런다는 말인가?
부관	절차도 다 무시하고 계시잖습니까.

중령은 잠시 무언가 생각한다.

중령	가족이 있나?

부관	당연하죠.
중령	어디에.
부관	저희 집에 계시겠죠. 그건 왜요?
중령	폭격으로 도시가 파괴되고, 집이 무너지면 어떻게 할 건가?
부관	당장… 조치를 취해야죠.
중령	생사를 모른다면?
부관	중령님.
중령	누구라도 내 가족을 도와주길 바라지 않겠어?
부관	그야… 물론이죠.
중령	더 설명할 시간이 없는데. 됐나?
부관	알겠습니다. (축 처져서) 차라리 개였으면 더 수월했겠네요. 전 애들 알러지가 있나 봐요.
중령	좋은 약을 찾아봐야겠네.

부관이 나가려다 멈춘다.

| 부관 | 근데요. 애들 문제는 미국의 수치가 아니라, 한국 정부의 수치겠죠. 저흰 최선을 다하고 있잖아요. |

부관이 나간다.

33장

피난민인 척 가장한 래빗1, 2, 3과 금조, 소녀가 옹기종기 둥글게 둘러 모여 있다. 그들은 모두 금조와 같이 낡은 거적을 뒤집어쓰고, 손에는 보따리를 하나씩 들고 있다. 그리 멀지 않은 곳에서 포화 소리가 연거푸 들려온다. 소리로 미루어 상황이 꽤 긴박해 보인다.

래빗2   여기 너무 위험한 거 아니야?

래빗3   벌써 들이닥친 것 같은데, 그냥 후퇴하는 게 낫지 않을까?

래빗1   안 돼. 우리 마음대로 도망가면 어떻게 되는지 알잖아.

래빗2   그래도 이거 느낌 안 좋은데.

래빗1   깊숙이 들어가지는 말고, 최대한 피난민들 주변에서만 살펴보고, 정 안 되겠다 싶으면 일단 다시 여기로 모여.

래빗3   정 안 되겠다 싶은 기준은?

래빗1   없어. 눈 똑바로 뜨고, 병력, 화기 무조건 알아 와.

금조   다 끝나면 다시 여기로 오면 돼?

래빗2	어. 낙오자가 있으면 먼저 복귀하되, 반드시 끝까지 기다려 볼 것.
금조	혹시 비상 상황이 생기면?
래빗3	알아서 대처해야지.
래빗1	절대 다른 피난민이랑 말 섞지 말아야 돼. 저쪽에도 우리 같은 위장 토끼 없으라는 법도 없으니까.
래빗2	준비됐지?(짧은 사이) 다들 꼭 돌아와.
래빗1	당연하지. 흩어지자고.
금조	영선이랑 나는 같이 다닐게.
래빗1	명심해. 절대로 군인 가까이 가거나, 깊숙이 들어가면 안 돼.
금조	알아. 피난민처럼.

래빗1, 2, 3과 금조, 소녀가 사방으로 나뉘어 나아간다.

34장

피난민들이 한 방향으로 나아가며 몰려들어 있다.
금조와 소녀가 피난민 대열 가장 끝에 다가와 선다.

금조   괜찮지?

소녀   뭐가요.

금조   걱정 마. 아무 일 없을 거야.

소녀   아줌마는 안 무서워서요?

금조   (짧은 사이) 무서워. 나도.

소녀   그러면서 뭘 걱정 말라는 거예요.

금조   무서우니까.

금조는 적군을 확인하기 위해 슬쩍 이리저리 둘러본다.

소녀   얼마나 되는 것 같아요?

금조   모르겠어. 어림잡아 몇십 명쯤 되는 것 같지?

소녀   그 정도 되겠네요.

금조   다른 건 아직 안 보이네.

금조는 어린아이가 있는지 확인하기 위해 피난민들 사이를 둘러본다.

소녀	뭐 하는 거예요? 여기 있을 리가 없잖아요.
금조	잠깐 있어.
소녀	(금조를 붙잡으며) 어디 가게요?
금조	집들 좀 살펴보고 올게.
소녀	안 돼요. 절대 안 돼. 수상한 행동 하지 말랬잖아요.
금조	둘러만 보고 올 거야.
소녀	아줌마 딸 여기 없다니까요!?
금조	애들이 있을지도 몰라.
소녀	그래서요. 있으면 어쩔 건데요.
금조	그냥 놔둘 수 없잖아. 여기 금방 쑥대밭 될 거야.
소녀	아줌마. 내가 이를 거예요.
금조	잠깐만 기다려. 아직 가까이 안 왔으니까 얼른 보고 올게.

금조가 소녀를 놔두고 피난민과 반대 방향으로 나간다.

| 소녀 | (작게 소리친다) 아줌마! |

소녀는 피난민들과 금조가 나간 방향을 번갈아 바라본다.
그러고는 금조를 뒤쫓아 간다.

35장

발전소 담벼락.

표범 그 사람한테는 기분 나쁜 냄새가 났어. 썩은 냄새?
아니면 죽음의 냄새. 한 번도 맡아 본 적 없는 냄새
야. 처음 모리타를 봤을 때, 모리타의 손바닥에서
그런 냄새가 나긴 했지만, 그 사람은 뭔가 달라. 손
바닥이 아니라 온몸에서 그런 냄새가 나는걸. 잠깐
만. 그러고 보니까 말이야…

표범은 자신의 앞다리 냄새를 킁킁 맡는다.

표범 나한테서 비슷한 냄새가 나잖아!? 뭐지!? 뭐야!? 어떻
게 된 거야!? 불안해. 어떻게 하면 사람한테서 나하
고 똑같은 냄새가 나지? 마구 뒤섞인 피와 살냄새가
어떻게 사람한테서 그렇게 풍길 수가 있는 거야? 두
번 다신 마주치지 않았으면 좋겠어. 정말이야. 한
번만 더 내 영역에 들어오면 난 사냥감으로 생각할
거야. 그럼 내가 어떻게 할지 알고 있지?

어슬렁거린다.

표범　불길해. 정말 기분 나쁘다구. 모리타랑 노구치는 왜
　　　　저런 사람을 여기에 들인 거야? 한마디 상의도 없
　　　　이. 나 화났어. 정말로… 화가 나…

36장

모리타와 노구치. 그리고 해수구제 사업의 시찰을 나온 미야키가 함께 있다.

모리타는 시종일관 다소 삐딱한 모습이다.

미야키 총독부 소유 수력발전소 내에서 표범을 키운다는 사실을 총독부가 알고 있습니까?

노구치 사전에 말씀드리진 못했지만, 총감 어르신께선 알고 계십니다.

미야키 정무총감이 알고 있으니, 총독부에선 몰라도 된다?

노구치 그런 뜻이 아니라, 사전에 허가를 받아야 한다는 사실을 몰랐습니다.

미야키 해수구제 사업이 이미 수년째 시행 중인데도 몰랐단 말입니까?

노구치 죄송합니다.

미야키 곤란하네요.

노구치 표범을 키우려고 들인 게 아니라, 우연히 담을 넘어와서 그냥 놔둔 겁니다.

미야키 그럼 시행령대로 사살하겠습니다.

노구치	예⋯?

노구치가 어떻게 좀 해 보라는 듯, 모리타를 바라본다.

모리타	순사님. 허가를 좀 해 주시죠.
미야키	뭘 모르나 본데, 허가는 사냥을 허가해 드릴 뿐이고, 표범은 허가 대상이 아닙니다. 보고받은 대로 사냥 허가증은 이미 드린 걸로 알고 있는데.
모리타	해수구제가 해를 끼치는 동물을 죽이는 건데, 우리 아무르는 해를 끼친 적이 없어서요.
미야키	가능성이 있지요.
모리타	에이. 그걸 누가 장담한답니까?
미야키	저 표범 이름이 아무르, 그런가 보네요?
모리타	네. 그냥 애완동물 같은 놈이에요. 부르면 오고, 가라면 가고. 키우고 있다는 것만 봐도 답 나오잖아요. 해? 전혀요. 오히려 관동군을 대신해서 발전소를 지켜 주고 있는데요.
미야키	군에 모욕적인 말이네요.
모리타	말이 그렇다는 거죠.
미야키	애완동물로 생각하든 말든 그건 별로 중요한 문제가 못 됩니다. 지금 제일 문제가 되는 건, 여기, 두 분이, 법을 어기고 있다는 겁니다.
모리타	아무르가 정말 사살돼야 합니까?
미야키	물론이죠.
모리타	(오버하듯) 아! 정말 아쉽네요! 훌륭하게 키운 놈인데.
미야키	표범 한 마리 이외에 다른 짐승이 더 있는 건 아니

겠죠?

모리타   글쎄요. 있다고 해야 하나, 없다고 해야 하나.

노구치   모리타. 그만해.

미야키   더 있으면 자진신고 하는 게 좋을 겁니다. 나는 내가 느끼는 대로 총독부에 보고할 생각이니까.

모리타   아무르가 다예요. 아… 그러면 다음번에는… 총독 어르신한테 직접 부탁을 해야겠네요. 뭐, 우리 발전소에서 끌어 올리는 전력이 얼만데… 설마 그 정도 소원도 안 들어 주실까.

미야키가 모리타에게 다가간다.
그리고 모리타를 훑어보며, 숨을 깊게 들이마신다.

미야키   어이. 뭘 믿고 까불어.

모리타   제가요? 전혀요. 총독부에서 오신 분한테 제가 어떻게 감히.

미야키   보자보자 하니까… 총감 나부랭이를 믿고 설치나 본데… 니들이 벌벌 기는 총감이나 발전소나 싹 날려 줄까?

모리타   굳이 그럴 필요까지 있나… 전쟁만 해도 첩첩산중인데…

미야키   뭐!?

모리타   이쪽 전력 아니면 공장 몇 개가 멈춰야 되는지 알고 계시죠? 아이참… 해수구제 사업 완장 하나 찼다고 여기서 이러시면 곤란한데. 총독부도 어지간히 정신이 없나 보네요. 엄밀히 따지면 수력발전소는 총독부 관할도 아닐 텐데.

미야키	너… 이 새끼…
모리타	제가 총감 어르신 하나 보고 이럴까요, 설마? 어이, 노구치. 그 훈장 좀 가져와 봐.
노구치	모리타. 그만해.
미야키	해수구제고 뭐고 너부터 죽여 줄까? 그냥 쏴 버리고 입맛에 맞게 보고하면 그만이거든.
모리타	저는 사람입니다만.
미야키	이 새끼가.

미야키가 총을 꺼내 모리타의 목덜미에 겨눈다.

노구치	선생님. 뒷마당으로 가시죠.
모리타	노구치!
노구치	불미스럽게 해 드린 점 사과드립니다. 아무르는 고통 없이 보내 주십시오. 주인처럼 따랐던 놈입니다.
미야키	가죽이랑 송곳니는 총독부로 가져가고, 어금니 하나 정도는 유품으로 줄게.

미야키가 나가고, 노구치는 모리타의 멱살을 휘어잡는다.

노구치	미쳤어? 돌았어? 총독부를 왜 건드려.
모리타	너.
노구치	뭐.
모리타	너!
노구치	뭐!

모리타는 노구치에게 손가락질을 하며, 다른 한 손으로 휘슬을

분다.

노구치   모리타. 그거 뭐야? 지금 왜 부는 거야? 무슨 명령
        이야!

모리타   해수구제.

노구치   뭐?

그때, 밖에서 총소리가 마구잡이로 들려오고,
미야키의 비명 소리가 들린다.
모리타는 어깨를 들썩이며 웃고, 계속해서 휘슬을 불고 또
분다.
노구치가 모리타의 휘슬을 빼앗는다.

노구치   뭘 시킨 거야? 모리타. 대답해. 뭘 시킨 거야!?

모리타   해를 끼치는 짐승 새끼는 죽여야 된다며.

노구치   미쳤어! 진짜!

모리타   아무르! 잘-했어.

노구치는 당황한 듯, 모리타의 멱살을 놓고 정신없이 왔다갔
다 움직인다.
노구치는 사색이 되어 모리타에게 고함을 질러댄다.

노구치   이제 어쩔 거야!

모리타   너까지 흥분하지 마.

노구치   그걸 말이라고 해!

모리타   (귀를 막으며) 귀 떨어지겠네. 적당한 데 갖다 버리
        면 돼.

노구치	뭐…?
모리타	저 새끼 하는 짓만 봐도 딱 견적 나와. 못 죽여서 안 달난 놈들 많았을걸?
노구치	그래서.
모리타	내다 버리는 게 좀 그러면 댐에 던져 버리지 뭐. 노구치. 시체를 처리할 방법은 많아. 여기, 일본 아니고 개마고원이거든.
노구치	내가 그냥 놔둘 것 같아?

모리타가 비실비실 웃어대자, 노구치가 밖으로 나간다.
혼자 남은 모리타는 마치 광인처럼 보인다.

모리타	아무르. 이리 와.

담벼락 위로 피에 물든 아무르가 미야키의 한쪽 팔을 물고 올라온다.

모리타	그건 먹지 마. 더러우니까.

아무르가 미야키의 한쪽 팔을 툭, 뱉는다.

아무르	난 모리타가 좋아.

광기 어린 모리타와 피범벅의 아무르가 서로를 바라본다.

모리타	넌 내 거야. 내 새끼. 내가 키운 괴물. 절대 안 뺏겨.
아무르	응. 모리타는 내 엄마니까.

아무르는 피곤한 듯 하품을 한다.

아무르   하—암. 좋은 징조야.

37장

피난민으로 가장한 금조가 천천히 마을 이곳저곳을 둘러본다.
소녀가 뒤따라 온다.

소녀	아줌마. 여기서 나가야 된다니까요.
금조	이 주변에서 애들 목소리가 들린 것 같은데…
소녀	애들이 어딨다고 그래요 진짜. 귀 먹었어요?
금조	없으면 다행이지.

소녀가 먼 곳을 응시한다.

소녀	아줌마. 저기.

금조도 같은 곳을 응시한다.

소녀	몰려와요. 어떡해…
금조	침착해. 보이는 대로 옮겨 적고 얼른 나가자.
소녀	사람들 몰려 있는 데로 다시 가야 되는 거 아니에
	요? 아줌마가 괜히 애 찾는다고 깊이 들어왔잖아요.

금조	아직 거리 있으니까 괜찮을 거야.

소녀와 금조가 각각 공책과 연필을 꺼내 무언가 적는다.
두 사람의 움직임과 대화는 긴박해진다.

금조	대전차는 하나밖에 안 보이지?
소녀	그거 하나랑 저거 저 전차포 뭐라고 쓰라 그랬죠?
금조	숫자 85.
소녀	(헤아리며) 85 전차포가 하나, 둘, 셋, 넷. 네 개예요.
금조	대전차 하나에, 85 전차포 네 개. 야포도 적어야 되는데. 몇 개나 실은 것 같아?
소녀	여기선 잘 안 보이는데.
금조	잠깐만. 저기 뒤에. 보여?
소녀	(더 멀리 보며) 더 와요.
금조	85 전차포 10개도 넘어.
소녀	다른 아줌마들도 봤겠죠?
금조	그럴 거야.
소녀	얼른 가요.

어느새 두 사람의 뒤로 다가온 적군.

적군	손들어.

소녀와 금조는 공책을 옷 속에 숨기고 손을 천천히 든다.

적군	왜 아직 여기 있지.
금조	아이를 놓쳐서… 찾아가려고요…

적군	왼쪽으로 움직여.
금조	(천천히 움직이며) 가족이 기다리고 있어요…
적군	닥치고 움직여.

금조와 소녀는 왼쪽으로 가서 계속 손을 든 채 서 있다.

적군	무릎 꿇어.

금조와 소녀는 천천히 무릎을 꿇는다.

소녀	아줌마… 나 무서워…

금조는 손을 든 채, 소녀의 한쪽 손을 잡는다.
적군은 소녀와 금조가 바라보던 먼 곳을 흘끗 보고는.

적군	피난민이 아닌데. 뭘 확인하고 있었지?
금조	아니에요… 그냥… 놀라서 쳐다본 거예요…
적군	(소녀에게) 주머니에 넣은 거 꺼내.
소녀	네? 아무것도 없는데…
적군	쏜다.
소녀	진짜예요… 없는데…
적군	꺼내.

금조가 슬며시 소녀의 손을 놓는다.

금조	저는 아무것도 몰라요. 여기 혼자 있길래… 피난 가야 된다고… 그거 알려주려고…

소녀	아줌마…
금조	모르는 애예요. 오늘 처음… 만난… 살려 주세요.
소녀	(소리친다) 아줌마!

적군이 소녀의 뒤에서 총을 쏜다.
소녀가 넘어진다.
금조는 총소리에 몸을 숙인다.
적군이 막 금조에게 총을 겨누려는 순간,
폭탄이 터지는 소리와 공중에서 전투기가 날아드는 소리가 요란하게 들리고,
적군이 도망간다.
그 소란스러운 속에서도 계속해서 몸을 바짝 숙이고 있던 금조가 천천히 몸을 세운다.
그리고 옆에 쓰러져 있는 소녀를 가만히 응시한다.

38장

같은 시각.
래빗2도 폭격 소리에 피해 몸을 바짝 엎드리고 있다가,
천천히 하늘을 쳐다본다.

래빗2   뭐야… 생각보다 디게 빨리 왔네… 휴… 임무 끝.

래빗2가 일어나려던 순간.
괴이하게 뒤섞인 듯 보이는 고아들이 보인다.

고아들   저 폭탄 하나에 얼마나 할까. 저거 하나면 우리 배
          안 고픈데. 바보야, 배고픈 게 문제야? 저거만 있으
          면 아무도 우리한테 함부로 못 해. 그치만 우린 군
          인이 못 되니까… 폭탄도 없지.

래빗2   얘들아. 여기 위험한데 아직도 이러고 있으면 어떡
          해.

고아들   우린 어디에서나 위험한데. 아니야. 우리가 위험해.
          우리가? 그래. 우리가 위험해. 우린 강하니까. 우린
          군대야. 맞지? 맞아.

래빗2	무슨 소리를 하는 거야. 너네 부모님은. 가족 없어? 여기 살던 애들이야?
고아들	우리가 어디에 살더라… 잊어버렸는데. 맞아. 기억이 안 나. 원래 어디에 있었더라? 그냥 거기 있을걸. 괜히 돌아다녔나… 길을 잃어버렸어.
래빗2	너네 고아구나? 아무튼 여기 위험하니까, 다른 데로 얼른 가. 저-기 보면 사람들 떠나는 거 보이지? 저거 따라서 가.
고아들	손… 손에 그거 뭐야…?

래빗2는 자신이 들고 있던 공책을 바라본다.
그러고는 뒤늦게 누더기 속으로 감춘다.

래빗2	어른들 하는 일에 끼어드는 거 아니야. 사람들 따라서 가. 알았지?
고아들	공책… 갖고 싶어… 갖고 싶어… 공부해야지… 갖자. 가지자. 우리가 갖자!
래빗2	뭐…? 얘들 왜 이래… 워이. 저리 가.

고아들이 천천히 래빗2에게 다가온다.

래빗2	야… 까불면 혼난다?
고아들	소똥. 이건 소똥이야. 배웠지? 길에 널브러진 다른 소똥들이랑 똑같은 똥.

고아들이 래빗2에게 순식간에 달려든다.

암전.

어둠 속에선 래빗2의 비명 소리와 마치 군홧발이 소똥을 척척 밟아대는 듯한 소리가 들린다.

39장

래빗들과 헤어진 곳을 향해 금조가 걸어간다.
금조는 낡은 누더기를 힘겹게 끌고 가는 중인데,
누더기 위에는 이미 숨진 소녀가 누워 있다.
금조는 약속된 장소에서 멈춘다.

금조　　　아직 안 왔나 봐. 너무 늦게 온 건 아니겠지?

금조는 죽은 소녀의 시신 옆에 무릎을 모으고 앉는다.

금조　　　그때랑 똑같아. 예전에. 그런 사람이 있었어. (소녀
　　　　　를 바라보며) 나는 어쩌면… 영원히 너를 끌고 다녀
　　　　　야 될까…?

긴 사이.

금조　　　아무도 돌아오지 않아. 아무도. 내가 늦은 거야…?
　　　　　계속 기다릴 수 없을 것 같아.

금조는 자신이 내내 입고 있던 낡은 거적을 벗어 소녀의 시신을 덮는다.

그러고는 공책을 꺼낸다.

금조   난 거기로 돌아가지 않을 거야.

금조가 공책을 소녀의 시신 위에 막 놓으려는 순간.

소녀   아줌마.

침묵.

소녀   왜 대답이 없어요.

금조   응.

소녀   나 두고 가려고요?

금조   응.

소녀   묻어 줘요. 그 정도는 해 줄 수 있잖아요.

금조   노력해 볼게.

소녀   나한테 미안해요?

금조   조금.

소녀   서운하네… 조금이라니.

금조   조금 많이. 근데 어쩔 수 없었어… 아니야. 어쩔 수 없었던 게 아니라…

소녀   어차피 난 죽을 줄 알았어요. 언젠가 반드시 죽게 될 것만 같다고. 그렇게 생각했어요. 아줌마도 예외는 아니겠죠?

금조   어쩌면. 집이 어디야? 소식은 알려 드려야지.

소녀	됐어요. 소식 같은 거. 내가 죽었다고 알려 주려고요?
금조	응.
소녀	싫어요.
금조	왜.
소녀	아줌마도 아줌마 딸 소식 모르잖아요. 그래서 찾는 거고.
금조	그게… 서로한테 좋은 걸까…? 이 사실을 모르는 게.
소녀	아줌마도 그렇던데요.
금조	내가?
소녀	아줌마도 딸이 살았는지, 죽었는지는 관심 없잖아요.
금조	죽지 않았어.
소녀	아줌마.

잠시 침묵.

소녀	대답해요.
금조	응.
소녀	이제 그만 돌아가세요.
금조	난 돌아갈 데가 없어.
소녀	조금 전까지 아줌마 딸 봤는데.
금조	봤다고…?
소녀	일곱 살짜리 여자애 맞죠? (짧은 사이) 언덕 위에 있었어요.
금조	네가 봤다구?
소녀	죽으면 어디든 갈 수 있고, 뭐든 볼 수 있으니까.

금조	그건 정말 편하겠다.
소녀	농담 아니야. 언덕 위에 있었어. 몸을 웅크리고…
	언덕 아래를 내려다보고 있었어.
금조	언덕…
소녀	언덕.
금조	(짧은 사이) 메밀밭이야.

들개가 피 묻은 천 쪼가리를 물고 나타난다.
아주 작은 어린아이의 옷이다.
금조가 달려 나간다.

소녀	잘 가요. 아줌마.

들개는 소녀를 잠시 바라보다가, 소녀에게 다가간다.
그러고는 죽은 소녀의 몸에 자신의 몸을 천천히 갖다 댄다.
머리와 어깨, 온몸으로 소녀의 몸을 어루만지듯이 들개는 몸을
비빈다.
들개의 숨결과 살결이 간지러웠던 소녀는 까르르 웃는다.
들개는 계속해서 소녀의 몸을 비비고,
그럴수록 소녀의 웃음소리는 더욱 커져 간다.

40장

래빗2가 죽은 곳 근처에서 중령이 래빗2가 떨어뜨린 공책을 읽고 있다.

금조는 들개가 물고 온 어린아이의 옷을 움켜쥐고 나타난다.

중령과 금조가 서로 마주 본다.

중령은 금조의 손에 쥐어진 피 묻은 옷 조각을 바라보고는,

천천히 권총을 꺼내 금조에게 겨눈다.

중령은 금조가 피난민인지, 적군의 첩자인지 알 길이 없었다.

금조는 자신에게 겨눠진 총구 앞에서 무력해졌으며,

그저 어린아이의 옷을 얼굴에 비비고 또 비벼 보았다.

금조　　　엄마가 갈게. 지금 가. 가고 있어.

금조는 자신의 얼굴에 비벼 보던 옷을 바라본다.

금조가 넋을 놓고 말하는 사이, 중령은 조용히 총을 거둔다.

금조　　　우리 애 좀 찾아 주세요. 우리 애 옷이 아니에요. 이
　　　　　　건 좀 작거든요… 그게 아니어도 알 수 있어요. 이
　　　　　　게 우리 애가 아니라는 건 알 수 있어요. 1944년 겨

울에 태어났어요. 11월생이고, 여자아이예요. 이름은 금조예요. 얌전하고, 말을 잘 듣고, 한번 보면 겁이 많은 아이처럼 느껴질 거예요. 주인집 눈치를 보고 자라서, 겁이 많은 게 아니라 눈치를 보는 거예요. 엄마 따라서 일을 많이 돕느라, 어린데도 손이 야무져요. 산에 놔두면 뭐는 먹어도 되고, 뭐는 먹으면 안 되는지도 금방 알아내요. 꽃이나 열매 이름도 많이 알고, 산속에서 추위를 피하는 방법도 알아요. 그러니까 엄마 없이 한겨울을 산에서 지냈더라도 어떻게 해야 하는지 알고 있었을 거예요. 엄마랑 떨어진 지 오래돼서 아무도 돌봐 주지 않았으면 지금은 머리도 많이 길렀을 거고, 키도 더 컸을 거고, 어쩌면 잘 못 먹어서 왜소해 보일지도 몰라요. 신기한 걸 보면 쪼그려 앉아서 한참 생각하는 버릇이 있고, 감자보다 옥수수를 더 좋아하고… 제 말 이해하세요? 알아듣긴 하는 거죠? 사모님이 그랬는데… 미군은 우리를 도와준다고… 1944년, 11월 14일생, 여자아이고, 이름은 금조… (짧은 사이) 금조는 내 이름인데…

금조가 고개를 푹 숙인다.

금조 멍청한 년. 바보 같은 년. 정신 나간 년. 네까짓 게 애를 찾는다고… 짐승도 너보단 낫겠다…

중령은 무거운 얼굴로 금조를 바라만 본다.

41장

부관이 중령을 기다리고 있다.

잠시 후, 중령이 들어온다.

부관   늦으셨네요. 애들은 찾으셨어요?

중령   도착하기 직전에 전투가 있었어.

부관   괜찮으십니까?

중령   (고개를 끄덕이며) 아이들은 못 봤어.

부관   다행이네요.

중령   뭐… 좀 이상한 게 있긴 했지만 말이야.

부관   뭔데요?

중령   여군 같은데. 마을에서 좀 떨어진 곳에서 죽어 있었
           어.

부관이 문서 하나를 내민다.

부관   UN에서 보낸 거예요.

중령   나한테?

중령이 문서를 확인한다.

부관　　　뭡니까?

중령　　　제주로 보낸 애들은?

부관　　　다행히요.

중령　　　사망자는.

부관　　　그게… 여덟 명이요.

중령　　　사인은.

부관　　　굶주림인 것 같습니다.

중령　　　여덟 명이나 굶어 죽을 동안 뭘 했지?

부관　　　천 명이나 되는 애들이잖아요. 아무리 잘 돌본다고
　　　　　　해도, 연약한 게 제 탓은 아니라고요.

중령　　　나이는.

부관　　　네?

중령　　　죽은 아이들 나이.

부관　　　어… 2살, 6살, 7살, 9살, 10살 두 명, 11살, 12살입니
　　　　　　다.

중령　　　고아원에서 애들을 맡아 준 건 고맙지만, 한국 정부
　　　　　　에만 맡겼다간 더 많은 아이들이 굶어 죽게 될 거
　　　　　　야.

부관　　　일단 공군사령부에서 식량을 계속 조달할 수 있도
　　　　　　록 조치해 뒀습니다.

중령　　　다른 부대들도 협조할 수 있게 요청해 둬.

부관　　　네.

잠시 사이.

중령	본부에서 영상 촬영을 하기로 했어.
부관	뭘요?
중령	공산주의에 희생된 불쌍한 고아들을 보살피는 미군과 유엔군.
부관	오… 하여간 선전은 끝내준다니까요.
중령	외국 원조단체들의 지원을 끌어낼 순 있겠지.
부관	일석이조네요.

중령은 부관이 건넨 문서를 다시 바라본다.

부관	그 얘깁니까? 영상을 찍겠다는?
중령	원조단체가 나서고, 공군에서 식량을 조달하더라도 더 많은 고아가 생기면 더 많은 사망자가 나오겠지?
부관	글쎄요… 뭐가 됐든 전쟁이 끝나지 않을까요?
중령	그 다음은?
부관	뭐가요?
중령	어렵게 전쟁을 끝낸 국가가 애들을 감당할 능력 말이야.
부관	그거야 자기들이 알아서 해야죠.
중령	내버려 두면 골칫거리요, 방치하면 부랑아로 클 게 자네도 보이나?
부관	왜 그런 걸 물으십니까?
중령	(문서를 보여 주며) 해외 입양을 주선한다는데.
부관	UN이요? 오, 잘됐네요.
중령	잘된 건가?
부관	그러셨잖아요. 골칫거리에 부랑자라고요.

중령	아이를 찾는 부모가 있으면?
부관	한국의 이산가족은 이미 넘쳐나요. 남북으로 갈라진 판에 해외 입양이면 더 좋은 환경을 제공하는 거 아닙니까?
중령	남북 이산가족보다 해외 이산가족이 더 낫다는 말인가?
부관	제 생각은요.
중령	골칫거리에, 부랑아로 방치되지도 않을 거고?

잠시 사이.

중령	아이들 중에 고향과 부모를 기억하는 아이가 얼마나 되지?
부관	아직 정확한 수치는 모르겠습니다. 꽤 많긴 할 텐데, 대체로 부모가 사망한 경우겠고요.
중령	친인척은.
부관	거기까진 인력 부족이요. 왜 그렇게 고민하세요? 좋은 기회가 맞는 건 아시잖아요.
중령	좀. 찜찜해서.
부관	오늘 여러 번 찜찜하시네요.
중령	하도 정신없이 떠들어서… 뭐라고 말하는지도 모르겠고… 애를 찾는 것처럼 보이긴 했는데, 하필이면 바로 앞에 전투가 있었으니까. 얼굴만 봐선 단순한 피난민인지, 적군 위장병인지 알 수가 있어야지.
부관	무슨 말씀이세요?
중령	날 원망할까?
부관	누가요?

중령	애를 찾고 있을 사람들 말이야.
부관	고아들을 구조한 거지, 납치를 한 게 아니잖아요.
중령	나 때문에 잃어버린 꼴이 된 것도 있겠지? 간발의 차이로 찾을 수 있었는데.
부관	글쎄요. 그 간발의 차이로 죽었을 수도 있겠죠.
중령	금조… 금조라는 이름을 가진 아이가 있나?
부관	(문서를 훑어보며) 아니요.
중령	걸린단 말이야… 아무래도.
부관	중령님.
중령	부모 이름을 알고 있는데, 생사 여부를 모르는 애들까지 해외 입양에 맡길 순 없잖아.
부관	저희가 데리고 있는 애들 중엔 부모 이름을 잊어버린 애들이 많아요. 대부분이 그런 애들입니다. 분명 A라고 말했다가, 10분 뒤에 다시 물어보면 B를 말한단 말이죠. 심지어 자기 이름을 잊어버리는 애들도 허다해요.
중령	자기 이름까지?
부관	네. 아이들이니까요. 아무리 움켜쥐고 기억하려고 해도, 두 살짜리 동생을 업고 있는 네 살배기 형제, 자매들이에요. 잊으신 건 아니죠? 미국의 수치.
중령	알고 있어. 그래. 이건 약한 나라를 향한 최소한의 도리야. 모범적인 사례가 될지도 모르지. 치료가 필요한 애들을 제외하고 인원 파악해서 입양 가능한 명단 작성해.
부관	예. 나머지는 식사하면서 얘기해요.

부관과 중령이 나간다.

중령   (나가며) 오늘 메뉴는 뭐야?

부관   (나가며) 뭐 있겠어요? 아, 진짜 집에 가고 싶다니까요.

42장

기차역.
역무원 대신 시인2가 기차역에 서 있다.
몹시 지쳐 보이는 금조가 들어온다.

금조   저기요. 여기 기차 안 서요.

시인2   그래요?

금조   역무원도 떠나고 없나 보네요. 여기는 기차가 그냥
         지나가요.

시인2   왜 그냥 지나갈까요.

금조   전쟁터로 가야 되니까요.

시인2   아… 그렇습니까.

금조   기다리지 말고 가세요.

시인2   기차를 기다리는 건 아니어서요.

금조   예…? 그럼 뭐 하러…

시인2   제가 역무원이거든요.

금조   아… 사람이 바뀌었네요. 다른 분이셨는데.

시인2   그러게요. 다행히 자리가 났네요.

금조   혹시… 죄송하지만… 먹을 게 있을까요…?

시인2	어쩌죠. 저도 바닥난 지 며칠 됐거든요.
금조	아… 역시 그렇네요.
시인2	죄송해요.
금조	아니요.

들개의 그르렁 소리가 들린다.

시인2	산짐승도 먹을 게 없어서 내려온 모양이에요.
금조	아무르. 가까이 와.

담벼락 위로 들개가 나타난다.
시인2는 약간 주춤한다.

금조	제가 데리고 다니는 들개예요.
시인2	정말로… 저게 들갭니까…?
금조	다들 그렇게 말하네요.
시인2	아무르… 그게 이름인가 보죠…?
금조	제가 지어 준 건 아니지만, 그게 이름이에요.
시인2	아무르… 아무르…

금조가 막 돌아서려 한다.

시인2	제가 어릴 때 말입니다.
금조	네…?
시인2	근처에 일본 사람들이 같이 살았어요. 원래는 숲이었는데, 거기에 거대한 수력발전소를 지었더라고요.

금조   수력발전소…

시인2   숲엔 동물들도 많이 살았고, 사람들도 거기서 나무를 베다 팔고 그랬는데. 그게 생겨 버리니까 더 멀리서 나무를 구해야 됐어요.

시인2는 담벼락 위의 들개를 바라본다.

시인2   근데 재밌는 소문이 하나 돌기 시작했습니다. 숲에 가지 마라. 숲에 가면 신발장수가 신발을 가져간다. 숲이 없어졌으니까, 아마 그 수력발전소를 말하는 걸 겁니다. 거기엔 절대 가지 말라고. 거기 가면 무섭고 이빨이 날카로운 신발장수가 산다고요.

금조   저기…

시인2   어른들이 꾸며내는 거짓말이라고 생각했습니다. 왜냐면 아버지도 다른 숲을 찾아가려면 거길 지나가야 했거든요. 그래서 아버지를 몰래 따라갔어요. 얼마나 무서운 신발장수가 있는지 한번 보자… 아버지를 놀라게 해 줘야지… 근데 아버지 비명 소리가 들렸습니다. 그날은 어머니도 같이 나섰는데, 어머니 소리도 들렸어요. 정말 신발장수가 나타났나 싶어 무작정 달려갔는데… 무시무시한 신발장수가 아버지 다리를 물고 흔드는 중이었습니다. 어머니는 다리가 네 개 달린 그 신발장수 발밑에 밟혀 있었어요. 너무 무서워서 도망치려는데, 들켰습니다. 아무르, 오이데. 누가 소리쳤어요. 아무르, 이리와… 그 눈빛… 천천히 부르는 소리에 밀려나면서도 눈빛은 계속 절 주시하고 있었습니다.

금조	무슨 얘기를 하시는지 모르겠네요.
시인2	아… 실례했습니다. 계속 여기에 혼자 있었더니, 재밌는 이야기가 없을까… 근데 많이 닮았네요. 그 신발장수랑.

침묵.

금조	아무르, 저리 가.

들개가 사라진다.

시인2	여전히 말을 잘 듣네요.
금조	쟤는 그 신발장수가 아니에요.
시인2	죄송합니다. 옛날 생각이 나서.
금조	안녕히 계세요.
시인2	네. 안녕히 가세요.

시인2는 사라지는 금조를 바라보며, 계속 기차역에 서 있다.
잠시 후. 서서히 기차 소리가 들려온다.
시인2는 다가오는 기차를 마주 보고 선다.

시인2	아무르. 오이데.

점점 더, 기차 소리가 커지고, 기차는 시인2를 향해 맹렬히 달려온다.

43장

늙은 말이 풀을 뜯고 있다.
여전히 갑옷에 탄약 꾸러미를 걸친 채.
들개가 나타난다.

들개 폴?
말   여어.
들개 정말 폴이야!?
말   기억하네?
들개 계속 여기 있었어?
말   넌 다시 돌아가는 중?
들개 응. 다리는?

말이 멀쩡히 돌아다닌다.

들개 다리도 멀쩡한데 왜 이러고 있었던 거야!?
말   몰랐어? 전쟁이 끝나가거든.
들개 그런데?
말   탄약을 실어 나를 필요가 없게 됐다고.

들개	그럼 얼른 돌아가야지. 주인 있잖아.
말	아… 로버트?(짧은 사이) 이제 여기 없어.
들개	왜?
말	미국으로 돌아갔거든.
들개	널 두고?
말	나야… 탄약이나 주고받기 위한 도구였으니까.
들개	그럼 잘됐잖아!
말	뭐가?
들개	달리고 싶다며! 신명나게!
말	맞아. 내 소원이었지.
들개	그럼 진작 뛰쳐 나갔어야지, 전쟁도 끝나 가는데!
말	왜냐면.(짧은 사이) 널 기다리고 있었거든.
들개	나…? 왜? 사냥하는 거 알려 주려고?
말	넌 아직도 멍청하네.
들개	뭐?
말	덫이라고.
들개	어?
말	덫.
들개	덫?
말	도망쳐.

그때, 들개의 위로 그물 하나가 쏟아진다.

| 들개 | 폴! |

들개는 그물에서 빠져나가려 버둥거린다. 그러는 사이, 말은 천천히 입고 있던 갑옷과 들쳐 멘 탄약 주머니를 벗는다. 그러

자 낯선 사람이다.

말　　　뭐야…? 개야? 이게 웬 떡이야…

낯선 사람의 말에 들개는 순간 멈춘다.

말　　　여기가 진짜 명당인가… 말이 얻어 걸리더니, 이번
　　　　　엔 개네? 괴롭지? 얼른 내가 도와줄게.
들개　　폴을… 먹었어?

들개에게 천천히 다가가려는 순간, 금조가 달려온다.

금조　　뭐 하는 짓이에요!?
말　　　아니… 덫을 놨는데, 이게 잡혀서…
금조　　빨리 이거 벗기세요.
말　　　그쪽이 주인이요?
금조　　네. 제가 주인이에요.
말　　　아… 주인이 있는 놈인 줄은 몰랐네… 미안하게 됐
　　　　　어요.

그물을 벗기려는 금조의 손길이 빨라지고.

말　　　근데, 덫에 걸렸으면 내 거 아닌가?

금조는 못 들은 척, 더 빨리 그물을 벗기려 한다.

말　　　여봐요. 내가 잡은 놈인데, 내 거지.

금조를 치우려 손을 갖다 대자, 금조가 거칠게 밀쳐낸다.

금조   주인이 있다고 했잖아요! 건들지 마세요.
말   내가 주인이라고… 건들지 마쇼 진짜… 짜증 나려
              고 하니까…

다시 금조를 치우려 하자, 금조가 더 거칠게 밀어낸다.

금조   손대지 말라고!
말   내 거라니까!
금조   우리 애한테 손대지 마!
말   애 같은 소리 하고 있네. 비켜! 내가 가져갈 거야.
금조   안 돼! 건들지 마.
말   비키라니까!

금조를 밀쳐내고, 그물까지 통째로 짊어 들려는 사이.

금조   아무르!

그물 속 들개가 낯선 사람의 목덜미를 물어 버린다.
낯선 사람이 넘어지고, 들개와 뒤섞여, 무엇이 덫에 걸린 짐승
인지, 무엇이 사람인지 구분조차 어렵게 되었다.
개를 잡으려던 사람은 도리어 개에 물린 채, 엉금엉금 기어 도
망간다.
들개는 그때까지도 계속 도망가는 사람을 물고 쫓아간다.

금조   아무르! 이리 와!

44장

수력발전소.
노구치가 양주 한 병을 들고 병째 마시고 있다.
모리타가 작은 땅콩 접시를 들고 들어온다.

모리타　　워워. 술도 잘 못 마시면서 왜 그래. 자. 안주.

노구치는 무시하고 계속 양주를 마시려 한다.

모리타　　아직도 화난 거야? 총감이 다 해결해 줬잖아. 이제
　　　　　　아무 일도 없을 거야.

노구치　　모리타. 갑자기 그런 생각이 들었어. 우리가… 일본
　　　　　　을 떠나서 여기로 온 게 정말 잘한 일이었을까.

모리타　　당연히 잘한 일이지. 곧 있으면 공장들도 완성될 거
　　　　　　고, 그럼 총독부에서 지시한 전력도 성공할 거고,
　　　　　　또 그럼 당연히 더 좋은 대접을 받겠지.

노구치　　좋은 대접?(헛웃음) 넌 싫어하잖아.

모리타　　내가?

노구치　　그래.

모리타	어째서?
노구치	전력을 끌어 올리면 당연히 그 공이 나한테 올 텐데. 그냥 두고 볼 수 있겠어?
모리타	에이. 날 뭘로 보고.
노구치	아니라고 하지 마.
모리타	이제는 아니야.
노구치	이제는?
모리타	그래.
노구치	정말 예전엔 아니었나 보네.
모리타	배가 좀 아프긴 했지. 넌 똑똑하고, 촉망받는 박사님이고. 나는 그냥 친구 잘 둔 한량이고.
노구치	넌 엔지니어야.
모리타	엔지니어!
노구치	그래! 내 친구로 여기에 온 게 아니었잖아.
모리타	그랬지. 근데 말이야, 노구치. 나는 별로 한 게 없어.
노구치	70만 키로와트를 성공시켰는데, 네가 한 일이 없다고?
모리타	그래. 네가 시키는 일이나 했지. 그러니까 결과적으로 네가 다 한 게 맞아.
노구치	실없는 소리.
모리타	마셔.

노구치와 모리타는 각자 잔을 비운다.

노구치	돌아가자.
모리타	뭐?
노구치	고향으로 가자고.

모리타	왜 그래?
노구치	일본에서도 할 일은 많아.
모리타	할 일은 여기가 더 많아.
노구치	됐어. 다른 놈이 와서 하라 그래. 돌아가자. (짧은 사이) 돌아가야 돼.
모리타	그 일 때문에 그래?
노구치	어.
모리타	내가 수천 번은 사과한 것 같은데.
노구치	나한테 하는 사과가 무슨 소용이야.
모리타	너니까 하는 거잖아. 친구니까.
노구치	미야키. 발전소에서 추락사했다고 속였다며?
모리타	어쩔 수 없었어.
노구치	처음부터 계획한 거지. 누구야? 너야, 총감이야?
모리타	뭐가?
노구치	누구 머리에서 나온 생각이냐고.
모리타	그만해. 내가 진짜 잘못했다니까.
노구치	대답해. 둘이 같이 짠 거야?
모리타	(한숨) 짠 거 아니야. 그냥.
노구치	그냥 뭐.
모리타	충동적이었어.
노구치	충동? 충동적으로 아무르한테 그런 명령을 내렸다고!?
모리타	그렇다니까. 그럼 어떡해? 가만 놔두면 아무르가 갈가리 찢겨 죽을 판인데.

잠시 침묵.

노구치	그렇게 됐어야 했어.
모리타	(짧은 사이) 자. 이제 기분 좀 풀어. 다시는 이런 일 없을 거야.
노구치	일본으로 돌아간다고 보고할게.
모리타	노구치. 약속해. 다시는 사냥도 안 나갈게.
노구치	늦었어. 숲으로 돌려보내자고 했을 때 돌려보냈으면, 총독부에서 시찰을 나올 일도 없었고, 사람이 죽을 리도 없었어. 그때 돌려보냈으면, 다 좋게 끝날 일이었어.
모리타	아무르는 사람 손에 길들여진 애야. 야생으로 돌아가면 죽는다고. 알았어, 알았어. 다 내 탓이야. 내가 그런 명령을 내렸으니까, 다 내가 잘못한 거야.

모리타는 노구치 앞에 자신의 머리통을 들이민다.

| 모리타 | 실컷 때려. 내가 다 맞을게. 그러니까 화 풀고, 우리 산책 가자. 아무르도 뭔가 우울해 보인다고. 뭐 해? 얼른 나 때리라니까? |

노구치는 주머니에서 권총을 꺼내 올려 둔다.

모리타	뭐야…?
노구치	미야키가 쏘던 거. 두 발 남았더라.
모리타	그래서…?
노구치	결정해. 네 손으로 죽이든지, 아무르 내보내고 일본으로 돌아갈 건지.
모리타	진짜… 계속 이럴 거야?

노구치	선택해. 표범을 죽이고 여기 남든지, 표범을 살리고 여길 떠나든지.
모리타	이상하잖아. 내보내고 돌아간다니.
노구치	아니. 저게 숲에 있으면, 넌 결국 다시 불러들일 거야. 그땐 정말 나도 모르게 네가 무슨 짓을 할지 모르겠어. 어떻게 할 거야?
모리타	둘 다 안 해.
노구치	모리타.
모리타	내보내지도 않을 거고, 돌아가지도 않아.

노구치가 권총을 붙잡는다.

노구치	그럼 난 널 위해서라도 결단을 내려야겠다.

노구치가 일어나려 하자, 모리타가 만류한다.

모리타	쟤 지금 순한 양이야. 아무르도 총을 쏘면서 자기를 공격하는 사람은 처음 겪었다고. 모르겠어? 아무르는 더 이상 표범이 아니야. 봤잖아. 휘슬에 복종하는 거. 그냥… 그냥 야생에서 온 들개야. 그냥 그거야. 명령하지 않으면 공격도 없어. 근데 이렇게까지 해야겠어? 차라리 날 쏴. 네 말대로 내가 악덕 주인이네.
노구치	그래. 네가 나쁜 놈이야. 넌 나쁜 새끼고, 넌 이제 그냥 살인마야.
모리타	뭐…?
노구치	말해 봐. 얼마나 많은 사람을 죽이라고 명령했어?

너… 왜 이렇게 된 거야? 내가 아는 그 모리타 맞아? 너한테선 아무르보다 끔찍한 냄새가 나.

모리타　무슨 냄새가 나는데.

노구치　살육. 살육이야. 넌 엔지니어가 아니라, 도살자가 됐어. 그것도 네 손으로 저지르는 짓거리가 아니라, 짐승을 데려다 살육하는 파렴치한 살인마가 됐다고!

모리타는 잔뜩 흥분한 노구치를 보며, 희미하게 웃다가, 점점 크게 웃는다.

노구치　웃음이 나와?

모리타　너 진짜 재밌다.

노구치　정말 머리가 어떻게 됐어?

모리타　아아. 내 친구 노구치는 정말이지… 어릴 때부터… 징징대고… 할 줄 아는 거라곤 고리타분한 공부밖에 없는 놈이었는데, 커서도 그 버릇을 못 고쳐. 하여간… 왜. 총감이 너한테 달아 준 훈장이 다음엔 나한테 올까 봐 겁나!? 네가 그렇게 어렵게 성공시킨 일을! 겨우 짐승 새끼 한 마리로 내가 빼앗는 거 같아서 무서웠어!? 식구나 다름없는 아무르를 죽이라고? 어이, 노구치. 미야키가 어쩌다 죽었는지 벌써 잊은 거야?

모리타는 목에 걸어 감춘 휘슬을 꺼낸다.

모리타　이거 가르치려고 내가 얼마나 개고생을 했는데. 가 봐. 가서 그 총 겨눠 봐. 내가 이거 한 번만 불면 네가 어떻게 되는지, 미야키 봐서 잘 알지? 두 발 남았다고? 그런 총으론 아무르 가죽도 못 뚫어. 해 봐. 자. 비켜 줄게.

노구치 표범을 데려다 어떻게 이런 짓을 해? 넌 무섭지도 않아? 천벌을 받을 게 두렵지도 않은 거야…?

모리타 아이씨… 표범이 아니라 개라니까! 개라고! 저건 그냥 내 말이면 뭐든 하는 개새끼야! 내가 내 말 듣는 개새끼 한 마리 키우겠다는데, 네가 왜 난리야!? 자. 너도 이거 불어 봐. 그럼 네 말도 잘 들을 테니까. 휘슬은 주인이 없거든. 자. 그럼 됐지?

노구치는 절망스러운 얼굴로 모리타를 바라본다.

노구치 예전으로 돌아가고 싶어. 우리가 친구였던 때로.

모리타는 냉소적으로 노구치를 바라볼 뿐이다.

노구치 그러기 위해서라도 나는 저걸 죽여야만 해.

모리타 뭐?

노구치 불어. 그거. 대신 정말로 미야키처럼 날 죽이고 싶은 거면, 내가 쏘기 전에 불어야 될 거야.

모리타 하지 마.

노구치 놔!

모리타 내놓으라고!

노구치 죽여야 돼! 난 훈장도 필요 없고, 발전소도 필요 없어. 정신 좀 차려!

모리타	네가 뭔데! 네가 뭔데 내 걸 망치겠다는 거야!?
노구치	아무르! 이리 와! 안으로 들어오고 싶어 했지!? 이리 와! 괜찮아!
모리타	나가! 오지 마!
노구치	너랑 내가 이렇게 있을 때 그걸 불면 어떻게 되는 거야? 우리 둘 다 죽겠지!? 그걸 원해!? 그런 거야!?
모리타	입 닥쳐. 아무르는 내 거야. 절대로 주인을 물지 않아.
노구치	죽일 거야. 반드시. 죽여 버릴 거야.
모리타	그만 좀 하라니까. 진짜 너까지 죽여 버리기 전에!

권총을 들고 있는 노구치에게 다가가던 모리타를 향해 노구치가 총을 쏜다. 그러나 쏘고서도 스스로 놀란 듯, 노구치는 몹시 당황한다.

모리타	야… 이 미친 새끼가…
노구치	모리타…
모리타	진짜 쐈어… 이게…
노구치	모리타… 그게 아니라…
모리타	돌겠네…!

노구치가 모리타에게 다시 달려가 총을 맞은 가슴을 짓누른다.

| 노구치 | 아니야. 내가 쏜 게 아니라… 나도 모르게 저절로 그냥… 내가 쏘려고 쏜 게 아니야… 뭔가 잘못됐어… 내가 정신이 나갔었나 봐… |
| 모리타 | 어이. |

노구치   말하지 마. 지금 말하면 안 돼.

모리타   아무르도 쏠 거야?

노구치   말하지 말라니까.

모리타가 휘슬을 분다.
그 모습을 본 노구치가 모리타에게서 약간 떨어진다.

모리타   아니야. 설마 내가 널 미야키로 만들겠냐?

아무르가 담벼락 뒤로 뛰어오른다.

모리타   아무르.

표범   모리타.

모리타   이제 여기 있으면 안 돼.

표범   나… 버리는 거야?

모리타   그래. 노구치가 널 내보낼 거야.

표범   노구치…

모리타   잘 들어. 여길 나가면 널 죽이려는 인간들밖에 없을
거야. 사냥 실력은 내가 엄청 길러 줬잖아. 그래도
인간을 보면 절대 다가가지 마. 알았어?

표범   떠나기 싫어.

모리타   앞으로 그냥 개로 살아. 개인 척, 개처럼 살아. 이제
표범이면 안 돼. 아무르. 그 이름도 버려.

표범   노구치. 나 안 가면 안 돼?

노구치   다… 전부 다 너 때문이야… 전부… 처음 봤을 때 죽
였어야 했어… 짐승 새끼… 네가 다 망쳤어… 죽어.

모리타   도망쳐!

노구치　　　죽어!

노구치가 담장 위 아무르를 향해 총을 쏜다.
총을 맞은 아무르가 담벼락 뒤로 떨어진다.

모리타　　　아무르… 아무르!

모리타는 아무르에게 가기 위해 바닥을 기어간다.
노구치는 멍하게 서 있다.
바닥을 기어가던 모리타가 서서히 멈추고, 이내 숨이 끊어진다.

노구치　　　모리타. 전부 끝났어… 이제 일본으로 돌아가자…
　　　　　　끌고서라도 갈 거야.

45장

아무르가 절뚝이며 나온다.

아무르는 담벼락 위로 올라가려 하지만, 쉽사리 도약하지 못하고, 결국 담벼락을 짚으며 거닌다.

표범   우리는 헤어졌다. 노구치와 모리타, 그리고 나는 모두 뿔뿔이 흩어져 버렸다. 노구치와 모리타가 어디로 갔는지는 모른다. 발전소 밖에서 눈을 떴을 땐, 이미 사라지고 없었다. 냄새를 찾아 뒤쫓아 갈 수도 있었지만… 가지 않기로 한다. 모리타가 마지막으로 불었던 피리는 그런 거였다. 멀리 달아나. 가르쳐 줬지만, 한 번도 불어 본 적 없는 피리였다. 나는 내가 오래도록 살았던 수력발전소에서 이제 최대한 멀리 달아나야만 한다.

절뚝이며 걷고. 다시 멈추고.

표범   아무리 걸어도 어디로 가야 할지 모른다. 예전에도 그랬지. 불타는 숲을 빠져나와 고원을 달리고, 어디로 갈지 모르게 됐을 때 발전소 담장이 보였다. 그럼 이번에도 마찬가지일까. 어디로 갈지 모르게 됐을 때 뭔가 나타날까. 지금이야. 난 어디로 갈지 모르겠어. 나타나 줘.

침묵.

표범　개. 나는 이제 혼자 남겨진 아무르 표범이 아니라, 이름 모를 개다. 그렇게 생각하고 나니 그때 만난 들개처럼 내가 작아지는 기분이다. 담벼락은 오를 수 있어도, 나무는 탈 수 없는 들개. 아무리 물어뜯어도 절대로 표범을 당해낼 수 없는 들개. 이제 그게 나다. 모리타는 내 마지막 주인이니까. 나는 이름 모를 개다.

절뚝이며 걷고. 다시 멈추고.

표범　한참을 걷고 걷는다. 굶주림에 시달리면 나보다 작은 것들을 어렵게 사냥하고, 수도 없이 빼앗긴다. 사람들을 피하기 위해 산에서 산으로만, 깊은 숲에서 숲으로만 다녀야 한다. 전부 내 것처럼 여겨졌던 숲은 이젠 밤이면 무섭다. 나는 모든 것의 사냥감이다. 몇 개의 산을 넘었을까. 경치 좋은 언덕에서 향긋한 냄새가 난다.

즐거운 듯, 언덕 바닥에 몸을 구른다.

표범	땅을 팠더니 고소한 씨앗들이 보인다. 나는 언덕에 뿌려진 모든 씨앗을 파 먹었다. 예전엔 입도 대지 않았던 것들인데, 배가 고프니 씨앗이 이렇게 맛있을 줄이야! 이 언덕은 어떤 인간이 매일 나타나 이 씨앗을 뿌리고 간다. 나는 한참이 지나서야 알았다. 이 삼각뿔 모양의 씨앗이 사실은 메밀이었다. 씨앗을 뿌리는 인간은 내가 파 먹은 줄도 모르고 같은 자리에 계속 씨앗을 뿌린다. 덕분에 나는 간에 기별도 가진 않지만, 기다렸다가 어려움 없이 파 먹으면 그만이다.

바닥을 구르고, 멈춘다.

표범	씨를 뿌리는 인간이 날… 바라보고 있다. 나는 재빨리 언덕 뒤로 숨지만, 이미 눈이 마주쳐 버렸다. 살금살금 기어서… 다시 갔더니… 저 인간이 내가 방금 파 먹었던 그 자리에 씨를 뿌린다. 아… 창피하다… 엄청난 걸 들킨 기분인데… 으… 들키기는 오래전에 들켰던 모양이다. 그럼 알면서 씨를 뿌려 준 걸까!? 왜!? 날 위해서!?

한참 동안 인간을 기다린다.

표범	역시. 알면서 뿌린다. 다 알면서… 알고 있었으면 메밀 씨앗이 아니라, 살코기라도 뿌려 주었으면 좋았는데… 얼마나 오랫동안 씨앗만 먹었는지, 이젠 정말 몸집이 작아져 버린 기분이다. 그러고 보니…

내가 얼마나 여기에 있었을까… 아주 오래된 것 같은데… 정말 오래된 것 같은데… 내 몸에선 어느새 짙게 스몄던 피 냄새가 사라지고 없었다. 하암… 하품이 나온다. 좋은 징조다. (짧은 사이) 난 어디서 왔더라…

폭격과 화염 소리가 퍼진다.

표범   익숙한 냄새가 다시 시작됐다. 인간이 오지 않으면 어떡하지… 하지만 다시 나타나 씨앗을 뿌리고 있었다. 나는 보란 듯이 숨어서 씨앗을 훔쳐 먹고 있었는데, 어라? 갑자기 도망간다. 가지 마! 내가 잘못했어! 훔쳐 먹지 않을게! 인간은 날 쳐다보지도 않고 비탈길로 도망쳤다. 언덕 아래에선… 엄청나게 많은 인간들이 도망치고 있었다. 위험한 기분이다. 뭔가 불길한 기분이다. 나는 처음으로 씨앗을 뿌리는 인간을 쫓아가기로 한다. 괜찮을까…? 괜찮아. 오래 봤으니까, 아무 일 없을 거야. 안녕. 인간. 나는 들개야. 덕분에 굶어 죽지 않았어. 이젠 내가 널 도울게.

금조가 기진맥진하여 간신히 걸어온다.
완전히 탈진 상태인 금조는 결국 주저앉고 만다.

46장

들개	다 왔어. 이 언덕만 올라가면 그 메밀밭이야. 일어나.
금조	며칠이나 굶었어. 이젠 꼼짝할 수가 없어.
들개	힘을 낼 수 없을까?
금조	여기까지 돌아온 것도 기적이야.
들개	메밀밭에서 기다리고 있을 거야.
금조	(짧은 사이) 정말로… 거기서 날 기다리고 있을까?
들개	그럼. 그럴 거야.
금조	(고개를 젓는다) 너무 오래됐어. 기다릴 수 없었을 거야.
들개	포기하는 거야?

금조는 고개를 끄덕인다.

금조	이제 됐어.

들개는 불안한 듯 서성인다.

금조	고마워.

들개	왜 그런 말을 해…?
금조	혼자 다녔다면… 난…
들개	아니야. 앞으로도 난 혼자 남지 않을 거야.
금조	난 이제 같이 있을 수 없어. 그러니까 넌 가서 네 먹이를 구해.
들개	어디에도 먹을 게 남아 있지 않아.

들개가 금조를 일으키려 애쓴다.

들개	일어나. 잠들면 안 돼. 빨리 일어나.
금조	쉬고 싶어.
들개	여기서 쉬면 안 돼.
금조	난 겨우 인간이야.
들개	그러니까. 뭐든 할 수 있잖아.
금조	넌 정말 들개였을까?
들개	난 들개야. 난 이름도 없는 들개야.
금조	아무르. 이름이 있잖아.
들개	그렇게 불러 주는 사람이 아무도 없으면? 그럼 나는 뭐야?
금조	미안해…
들개	일어나. 일어나라니까!
금조	딸도 어디선가 굶어 죽었을까…

금조는 눈을 감는다.

들개	날 죽여.
금조	뭐…?

들개	날 먹으면 되잖아. 그러면 되잖아.
금조	싫어.
들개	왜?
금조	널 좋아하니까.
들개	난 좋아하는 걸 먹는데?
금조	안 돼.
들개	그럼 죽지 마.
금조	그것도 무리야.

들개는 자신을 할퀴고, 때리고, 목을 조른다.
금조는 자신의 목을 조르는 들개의 두 손을 힘없이 잡는다.

들개	날 먹어. 그리고 산을 올라가. 거기에서 딸을 만나. 모든 게 잘될 거야.
금조	하지 마. 날 슬프게 하지 마.
들개	어째서…
금조	내가… 널 잡아먹으려는 사람으로 만들지 마…
들개	너라면 괜찮아. 정말이야.
금조	넌 도망쳐야 돼. 그때처럼 물어뜯어야 돼. 널 다치게 하려는 사람들은 절대로 봐주면 안 되는 거야.
들개	그럼 일어나. 네가 못 일어나니까 그러잖아.
금조	내 아이는 죽었어. 아마 벌써 예전에 그렇게 됐겠지. 난 아무것도 못 찾아냈어.
들개	아니야! 냄새가 난다구!

긴 침묵.

들개	정말이야. 냄새가 나.
금조	무슨 냄새…? 무슨 냄새가 나는데…? 얘기해 줘. 듣고 싶어.
들개	씨앗에서 싹이 핀 냄새. 건강한 냄새가 나. 무럭무럭 자랐어. 바람에 흔들리지만, 절대 무너지지 않아. 살아 있는 냄새야.
금조	그렇구나…
들개	널 기다리고 있어.
금조	널 죽일 수 없어.
들개	난 다시 돌아와.
금조	언제? 어떻게?
들개	그건 나도 몰라. 근데 나는 언젠가 돌아와.

금조는 들개를 바라보며, 가까스로 울음을 견딘다.

금조	어디로…?
들개	우리가 처음 만났던 곳으로. 아마 난 거기에서 나타날 거야.
금조	(옅은 웃음) 또 번번이 내가 뿌린 씨앗을 훔쳐 먹으면서?

들개는 금조를 가만히 바라본다.

금조	아무르…
들개	금조라고 불러 줘.
금조	금조… 개구리 사냥 기억나? 너랑 똑같이 납작 엎드려서 널 따라 하는 게 재미있었어. 개구리 사냥을

성공했으면 아마 기억 못 했을 거야. 그러니까…
나한테, 이 전쟁은 나한테…

들개   개구리야. 개구리 같은 거야. 잡으려고 쫓아가면
안 돼. 그냥 개구리를 기억해 줘. 그리고 내 이야기
를 아이한테 들려주고, 더, 더, 계속. (들개가 목을
내민다. 마치 폴처럼) 자. 내가 마지막 도구가 될게.

금조는 서서히 자신의 양손으로 들개의 얼굴과 목을 쓰다듬
는다.
금조는 서서히 들개의 목을 양손으로 감싼다.
금조는 서서히 들개의 목을 조인다.
목을 조르는 금조의 힘이 서서히 강해지고, 들개는 뒤로 넘어
간다.
금조는 들개의 몸을 타고 올라가, 계속해서 목을 조른다.
목을 조르는 동안, 그리고 힘없이 풀어지려는 손아귀를 다시
다잡을 때마다 금조는 제 이름 금조를 되풀이하여 외친다.
서서히 암전.

마지막 장

언덕. 드넓은 메밀밭.

오래도록 사람의 손이 닿지 않은 메밀밭엔 새하얀 꽃이 흐드러지게 피어 있다. 혼자서 산을 기어 오른 금조는 메밀밭을 하염없이 바라보고 서 있다. 메밀꽃들은 바람결에 이리저리 흩날리고, 금조도 바람결에 이리저리 흩날린다.

그날. 하늘은 더할 나위 없이 푸르렀고, 구름은 무거우리만치 크게 부풀어 있었다. 그 아래에 펼쳐진 메밀밭의 세계는 끝없이 들어찬 바다 같았다. 금조는 다시 돌아온 메밀밭에서 잘 자라 버린 메밀과 아무것도 남지 않은 상실을 마주하고 있었다. 천천히… 금조는 마치 자신이 들개와 표범이 된 것처럼 메밀밭을 기어 다니며, 다 자란 메밀을 꺾고, 땅을 파헤친다. 깊은 땅 밑에선 오래도록 숨어 있던 개구리가 낮고 음울하게 울어대기 시작한다.

막

나오는 사람

금조

아무르(표범이며 들개인)

주인 여자

가정부

역무원

시인1, 2

소년병1, 2

주먹밥 싸는 여자1, 2, 3

친구의 시신을 끌고 가는 남자

모리타

노구치

정무총감

피난민 아내

피난민 남편

몰이꾼1, 2

래빗1, 2, 3

소녀

말

개구리

미 제5공군사령부 중령

부관

미야키 순사

피난민들

고아들

군인들(북한군 포함)

[창작공감: 작가] 운영위원의 글

인간과 비인간, 나와 타자의 공존이 '환유'하는 세계들

전영지(드라마터그)

우리는 함께 격리되었다. 인간은 한때 우주까지도 자신의 영토인 양 착각하며 어디든 갈 수 있다고 믿었지만, 실상 지구 말고는 마땅히 머물 곳이 없다는 걸 지금은 잘 알고 있다. '우리가 격리되었다는 것', 그리고 '함께 격리되었다는 것', 이것이 바로 팬데믹이 새삼스레 일깨워 준 항구불변의 진실이라고 프랑스 과학기술사회학자 브뤼노 라투르는 말한다.[1] '지구생활자'인 우리는 '지구'라는 한정된 공간에서 다른 '지구생활자'들과 긴밀하게 상호작용하며 살아갈 수밖에 없다는 것이다. 물론 '지구생활자'에는 인간 행위자뿐 아니라 동·식물, 대기, 땅, 바다 등 비(非)인간 행위자가 포함되며, 이들 모두는 인간이 쉬이 통제할 수 있는 '대상'이 아니다. 인류의 갖은 노력에도 불구하고 사그라들 줄 모르는 이 지독한 바이러스가 몸소 증명하고 있듯, 생태학적 위기의 한복판에 서 있는 우리에게 절실하게 요구되는 것은 '인류만의 것이 아닌 지구'라는 인식이다. 인간중심주의적 태도를 내려놓고 이 행성의 공동거주자로서 다른 존재와 더불어 살 길을 모색해야 하는 것이다.

인간만의 것이 아닌 무대

'동시대성'을 모토로 하는 국립극단의 새로운 프로그램답

---

1 브뤼노 라투르, 김예령 옮김, 『나는 어디에 있는가?』, 이음, 2021.

게, 2021년 봄부터 1년여의 개발과정을 거쳐[2] 2022년 [창작공감: 작가]로 선보이는 세 편의 작품들은 모두 '인간만의 것이 아닌 무대'를 예비하고 있는 것으로 보인다. 기실 세 편의 작품에서 가장 눈에 띄는 공통점이 바로 주요 등장인물에 다양한 비인간 행위자가 포함되어 있다는 것이다. 특히 원숭이, 고양이, 낙타, 표범, 들개, 말, 개구리, 곰, 수달 등 수많은 동물, 또는—인간도 동물이므로 좀 더 엄밀하게 말하자면—'비인간 동물'이 등장한다. 물론 문학·연극사에서 동물 캐릭터의 등장이 새로운 일은 결코 아니며, 동물 배역을 구현하는 것은 결국 인간 배우의 몸일 터, 동물의 등장 자체가 인간중심주의의 극복을 시사한다고 말하기는 어렵다. 사실 인간 작가가 아무리 성실하게 동물을 관찰하고 연구해 본들 동물의 관점과 감각을 오롯이 상상하는 것은 불가능하기 때문에 희곡 속 동물 배역의 말과 행동은 인간을 투사하지 않을 수 없다. 인간에 빗대어 상상해 볼 따름인 것이다.

허나 '의인화'는 탈(脫)인간중심주의적 행보를 응원하는 수사학이다. 본디 인간이든 비인간이든 타자를 이해하는 일은 너무나도 어려워 절망은 잦고 포기는 유혹적이다. 하여 자기에게 빗대 보는 시도가 노력을 지속하게 한다면 배움을 포기하는 것보다는 낫다. 게다가 '의인화'는 인간이 인간만의 능력이나 역량이라고 간주해 온 것들을 동물도 소유하고 있을지 모른다는 의심을 자극하며 인간이 인간과 나머지 동물 사이에 그어 놓은 작위적 경계선을 회의하게 한다. 또한, 동물배역을 생각하며 비인간의 경험을 상상하고 공감하는 어려움을 절감하게 된다면, 이는 실로 인간중심주의의 폐허를 더듬는 일이 될 것

---

2   '2021 [창작공감: 작가] 개발 과정'과 관련해서는 2021년 12월 14일부터 18일까지 진행했던 '2차 낭독회' 프로그램에 정리·소개되어 있으며, 해당 프로그램은 국립극단 홈페이지(www.ntck.or.kr)에서 다운로드 가능하다.

이다. 인간 너머의 다른 존재들을 상상하는 데 실패하는 까닭이 바로 인간의 사유와 감각을 '표준'으로 삼아 온 인간중심주의의 유구한 역사 때문일 테니 말이다. 더 나아가 그 '표준'이 어떠한 인간을 기준으로 어떠한 역사적 과정을 거쳐 어떻게 구성되었는지를 물을 때, 우리는 인간중심주의의 실체를 목도할 수 있다. 그 '표준'은 실로 오만하고 편협한 잣대로 '표준 외' 인간이라고 규정한 존재들을 지독하게 폭력적인 방식으로 배제하고 차별하는 과정을 통해 구성된 것일 뿐이기 때문이다.

주지하다시피, 인간과 동물 사이를 가르는 위계적 분류 방식은 인간들 사이의 다양한 차이의 범주를 구축하는 데도 고스란히 적용되었다. 즉 위계적 분류체계라는 근대적 기획은—레오나르도 다빈치의 인체도 '비트루비우스적 인간'만이 충족할 법한—'상상적 표준'을 중심에 두고, 이 실체 없는 허구와의 유사성 정도에 따라 타자를 서열화하는 일이었다. 이 과정에서 여성, 퀴어, 빈민, 유색인종, 장애인, 그리고 비성년은 '상상적 표준'으로부터 멀리 떨어져 있다고 하여 덜 가치 있는 인간 또는 비인간으로 간주되었으며, 때로는 동물과 유비되었다. 즉 인간중심주의, 또는 종차별주의는 여타의 차별과 혐오의 이데올로기와 언어와 논리를 공유하며 다양한 형태의 억압에 공모해 온 것이다. 이런 까닭으로 인간과 동물의 관계를 다시 묻는 일은 근대적 인간관에 대한 도전이자 근대적 위계질서에 대한 반문이 된다.

실제로 동물에 대한 최근의 논의는 동물을 둘러싼 감수성과 의제의 변화를 반영할 뿐 아니라 다양한 동시대적 질문들과의 긴밀한 연관 속에서 탐구되고 있다. '2021 [창작공감: 작가]'의 세 작품 또한 여러 동시대 담론과 다양한 접점을 만들어내며 각기 완전히 다른 물음을 묻는다. 게다가 무대화 방식에 따라, 개별 관객의 기대지평에 따라 작품들에서 길어 올려지는 '지금의 흔적' 또한 달라질 것이다. 신해연, 김도영, 배해률, 이 세 명의 작가가 [창작공감: 작가]라는 프로그램을 통해 선보이는 '동시대성'은 이처럼— 동시대가 꼭 그러하듯 —복잡하게 얽혀 있는 여러 담론의 열린 연쇄인지라 간결한 설명에 담을 수 없다. 허나 한 가지 분명하게 말할 수 있는 것은, 세 작품이 담보하는 풍성한 풍광은 동시대에 대한 작가들의 통찰뿐 아니라 비인간 행위자에 다가서는 사유 방식과도 연결되어 있다는 것이다. 전술한 것처럼, 인간 작가가 동물에 대해 쓰는 일에는 어느 정도의 '비유'가 포함될 수밖에 없을진대, 세 명의 작가는 공히 '환유'의 접근법을 통해 열린 연쇄를 펼쳐내고 있는 것이다.

환유가 펼쳐내는 열린 연쇄들

비록 깔끔하게 구분되는 것은 아니지만 비유는 크게 은유와 환유로 나눠지는데, 은유는 유사성(similarity)의 원리를, 환유는 인접성(contiguity)의 원리를 바탕으로 한다고 여겨진다. 다시 말해, 은유가 두 개의 서로 다른 요소에서 유사성을 발견하거나 발명하여 하나의 관점으로 통합해내는 것이라면, 환유는 현존하는 인접 개념들을 자유로운 연상을 통해 연결 짓는 것이다. 비유컨대, "은유는 모든 현상을 보자기처럼 하나로 덮어씌워 버리려는 성격을 지닌다면, 환유는 모든 현상을 낱낱이 가려내려는 성격을 지닌다."[3] 결국 은유는 중심으로 돌진해 들어가며 닫힌 체계를 구축하고, 환유는 자유롭게 유동하는 상상을 통해 열린 연쇄를 허용하는데, '2021 [창작공감: 작가]'의 세 작품은 환유를 통해 확장하는 세계로 관객을 초대한다. 이에 먼저 초대받은 사람으로서 필자는 작가들이 두루뭉술한 유사

---

3   김욱동, 『은유와 환유』, 민음사, 1999, 266쪽.

성 안에 뭉뚱그리는 대신 하나하나 생생하게 펼쳐 놓은 낱낱의 흔적을 조심스레 짚는 것으로 소개를 대신할까 한다.

먼저 첫 번째 공연작인 신해연 작가의 〈밤의 사막 너머〉는 어느 날 길을 걷다 우연히 부고 편지 한 장을 건네받은 여자가 그 부고 편지의 주인공이라고 추정되는 자신의 여자 친구 보리를 찾아가는 과정을 쫓아가는 듯 보인다. 그러나 여자는 여느 드라마의 주인공과는 달리 보리를 찾는 데 성공하지도 실패하지도 않는다. 기실 보리는 등장조차 하지 않는다. 그렇다고 보리가 작품에 부재하는 것 또한 아니다. 종국에는 자신을 보리라고 불러 달라는 여자를 포함하여 보리를 연상시키는 수많은 존재들이 스펙트럼처럼 펼쳐져 관객의 적극적 상상을 추동한다. 이 존재들은 인간/비인간으로 대별되지 않으며 동시에 하나의 존재나 추상적 의미로 환원되지 않는데, 이는 인간과 동물을 위계적으로 이분화하던 '인간성'이라는 개념을 하나의 연속체로 접근하려는 작가의 통찰이 빚어낸 환유의 연쇄로 읽힌다.

김도영 작가의 〈금조 이야기〉에 등장하는 수많은 '고아들' 또한 하나의 의미로 포개지지 않는다. 한국전쟁 발발 7개월 후, 전쟁통에 잃어버린 딸을 찾아 길을 나선 금조와 이 여정을 함께하는 아무르, 관객은 둘의 동행을 따른다. 이 두 존재는 부모와 집을 잃고 '들개'처럼 떠돌다 난민(亂民)이 되거나 난민(難民)이 되어 버린 수많은 인간/비인간 '고아들'과 조우하지만, 각각은 금조나 아무르의 모티브를 단순하게 반복하지 않는다. 모든 존재는 전쟁, 즉 타자에 대한 착취와 수탈(또는 사냥)을 동반한 위계의 구축이라는 근대적 기획에 노출되어 있지만, 각각의 삶의 조건은 고유하여 대체되거나 생략될 수 없는 것이다. 이를테면, 아무르는 자신의 고유한 역사를 가진 개체로서 생의

순간순간 다른 이름, 다른 종으로 불리며 자신만을 대표하는 존재가 된다. 결말로 돌진하는 대신, 긴 호흡으로 존재 각각의 순간순간을 찬찬히 살피는 사려 깊은 시선이 낳은 풍성하고 정확한 이해다.

열린 연쇄로 이어져 있지만 개별성과 특수성을 그대로 간직한 존재는 배해률 작가의 〈서울 도심의 개천에서도 작은발톱수달이 이따금 목격되곤 합니다〉에도 생생하다. 이 작품은 동화작가 영원이 작은발톱수달이 등장하는 동화를 써 나가며 마주하는 과거의 기억과 꿈, 그리고 쓰여지고 있는 동화가 복잡하게 교차하며 펼쳐지는 작품이다. 동화 속 세 작은발톱수달의 이야기는 일견 영원 자신의 삶을 유비하는 듯 보이지만, '작은발톱수달'이라는 명명(命名) 자체가 증언하듯 수달의 구체성은 생생하다. 세 마리의 작은발톱수달은 인간에 대한 하나의 비유로 축소되지도, 수달 종을 대표하지도 않으며, 도룡뇽 영원(蠑蚖)의 이야기 곁에 머물 뿐이다. 마치 길 잃은 어린 주영 곁에서 한참을 서 있었다던 길 잃은 할머니처럼 말이다. 그리고 부러 '이야기가 산으로 가길' 바란다는 작가의 소망은 자신의 이야기 또한 길 잃은 관객 곁에 그렇게 머무르는 것일지도 모르겠다. 하나의 중심으로 박두해 들어가지 않는 이야기들의 자리 말이다.

위계 없는 사유, 경쟁 없는 동행

2021년 봄, 비인간동물이 포함된 세 편의 시놉시스를 받아들고 함께 공부할 거리를 찾다 제일 먼저 찾아든 책은 『짐을 끄는 짐승들』이었다. 이 책의 저자 수나우라 테일러는 한 철학자의 말을 인용하며 다음과 같이 쓴다. "우리가 찾고자 하는 것이 유사성들일 때, 우리는 타자의 삶에서 명백히 가치 있는 면모

들을 모호하게 만들거나 간과하는 경향이 있다. 유사성에 초점을 맞춤으로써 우리가 여전히 가치관의 위계도(hierarchy), 즉 인간 능력이야말로 가치를 부여할 만한 유일한 것이라는 생각을 조장하고 있다는 것이 불행히도 지금의 현실"이라는 것이다.[4] 그날의 대화를 정확하게 복기할 수는 없지만, 깊이 공감하면서도 사뭇 난처했던 기억이다. 테일러 본인이 말하는 것처럼 위계에 기반한 사유는 판단의 과정을 단축하며 질서에 대한 인간의 끊임없는 욕망에 화답하기 때문이다. 게다가 하나의 프로그램을 함께 시작하던 그 순간, 우리가 어떤 '유사성'으로 묶일 것인지 고민하는 것은 지극히 당연하게 여겨졌기 때문이다.

하지만 지금은 안다. 단축된 판단의 과정은 자주 오류를 빚고, (위계)질서에 대한 욕망은 타자를 지운다는 것을 말이다. 억지로 '유사성'을 빚어 서로에게 강제하지 않아도 함께할 수 있다는 것 또한 알게 되었다. 하나의 추상적인 지향을 상정하고 그와 무관한 모든 차이들을 지워내지 않아도 하나의 프로그램을 함께 만들어 갈 수 있음을 경험한 것이다. 우리의 판단에 필요한 것은 모든 것을 뭉뚱그리는 하나의 명쾌한 기준이 아니라 개별적이고 구체적인 상황을 촘촘하게 살피는 섬세한 언어임을 배웠다. 무엇보다 경쟁 없이 동행하는 이 과정 중심의 프로그램 속에서 서열화된 가치체계 없이도 우리가 얼마든지 스스로 판단할 수 있음을 확인했다. 어떤 가치가 왜 '표준'이, '중심'이 되어야 하는지 공감하지도 못한 채 그곳에 닿기 위해 내달리는 대신에 우리는 확장하는 서로의 상상력에 흔연히 탄복할 수 있음을 경험했다. 서로의 다름에 설레어하던 세 명의 작가들이 만들어 나간 이 프로그램이 증명한 것은 바로 이러한 가

---

4 수나우라 테일러, 이마즈 유리·장한길 옮김, 『짐을 끄는 짐승들』, 오월의 봄, 2020, 154쪽.

능성이 아닐까. 차이를 발견하고 발명하며 타자의 실체를 온전히 마주하고자 할 때 역설적으로 공존의 길을 찾아나갈 수 있다는 것 말이다. 같아지려고 애쓰기보다 멀리멀리 나아가 나란히 서게 된 세 편의 작품들처럼 말이다.

금조 이야기
Gold birds

지은이 | 김도영

2022년 3월 28일 1판 1쇄 펴냄
2024년 5월 9일 1판 2쇄 펴냄

펴낸이	재단법인 국립극단
	예술감독 김광보
진행	정용성, 한나래, 이지연
주소	서울시 용산구 청파로 373
웹사이트	www.ntck.or.kr
전화	02 3279 2260

펴낸곳	걷는사람
펴낸이	김성규
편집	김은경 김도현
디자인	김동선
주소	서울 마포구 월드컵로16길 51 서교자이빌 304호
전화	02 323 2602
팩스	02 323 2603
등록	2016년 11월 18일 제25100-2016-000083호
ISBN	979-11-92333-03-8 [04810]
	979-11-91262-97-1 [세트]

*이 책의 저작권은 작가에게 있습니다. 저작권법에 의하여 보호를 받는 저작물이므로 무단전재와 무단복제를 금합니다. 이 책 내용의 전부 또는 일부를 재사용하거나 공연하기 위해서는 작가와 국립극단의 동의를 받아야 하며, 국립극단 공연기획팀(perf@ntck.or.kr)으로 사전에 문의해 주시기 바랍니다.